異世界に来たけど、生活魔法しか使えません3
Reborn in another world, all I know is daily-life spells.
フィリップス・キャシディ
キャシディ伯爵家子息
年齢 13歳　身長 175センチ
王立学園中等科1年。
ペイシェンスのことが気になっている。
ペイシェンス・グレンジャー
主人公
年齢 11歳　身長 149センチ
グレンジャー子爵家の長女
生活魔法が使える。
弟ラブの才女。
錬金術クラブからも勧誘を受けて……？

キース・
ローレンス
ローレンス王国の第二王子
年齢 11歳　身長 160センチ
ペイシェンスに淡い恋心を持つ。
騎士クラブでの騒動に関わって
いるようで……？
パーシバル・
モラン
モラン伯爵家嫡男
年齢 14歳　身長 178センチ
騎士クラブ所属。キースの先輩。
騎士クラブの今の在り方に疑問
を抱いている。

異世界に来たけど、生活魔法しか使えません 3

Reborn in another world, all I know is daily-life spells.

Rika
梨香
ill. HIROKAZU

これまでの話

一年前、私は日本の普通のＯＬだったのに、目覚めたら貧乏なグレンジャー子爵家のペイシェンスになっていた。

魔法のある世界で、ペイシェンスが使えるのは生活魔法だけ。これは、メイドとかも使える魔法で、少し下に見られているんだよね。ただ、私の生活魔法はちょっと違う感じで古い物を新品にできるんだ。

兎《と》に角《かく》、寒いのに暖炉には薪《まき》が少し、料理もほんのちょっぴり。可愛《かわい》い弟ナシウスとヘンリーの為《ため》に食料の確保や内職をしなきゃ。生活魔法を使いまくるよ。

なのに、このローレンス王国では貴族は一〇歳になったら王立学園に通う義務があるんだって。

泣く泣く、可愛い弟《エンジェル》たちと別れて、王国学園の寮に入り、王妃様からマーガレット王女の側仕《そばづか》えに任じられた。

このマーガレット王女、悪い人ではないのだけど、朝起きられないのと、音楽愛が激しすぎる。ついうっかり、前世の音楽を披露したから、大変！　お気に入りになっちゃった。

夏休みは、王族が夏を過ごす離宮に招待されたり、可愛い弟《エンジェル》たちとの時間が邪魔されるのは困ったけど、海水から塩を作るのを手伝って、ロマノ大学の奨学金をもらえたのは嬉《うれ》しいな。

兎に角、早くお金を稼いで、弟たち《エンジェル》の学資や自立資金を貯《た》めたい。だから、猛勉強して一週間で初等科一年は飛び級、そして学年末には中等科に飛び級したのだ。

ただ、これでマーガレット王女と同学年になっちゃうのは少し困っている。マーガレット王女は、良い人だけど、その学友はちょっとね。貴族至上主義っぽくて苦手なんだよ。

冬休みは、弟たち《エンジェル》とまったり過ごすはずが、従兄弟《いとこ》のサミュエルの家庭教師をしたり……ぐっすん、折角の冬休みも終わっちゃったよぉ！

第一章　中等科一年になったよ！

はぁ、冬休みが終わり、落ち込む私の気持ちも知らず、弟《エンジェル》たちと引き離すのが嬉しいみたいに、レンタルした馬は元気よく馬車を引き、すぐに学園に着いた。ペイシェンスも少し体力がついたから、歩いてでも来られそう。まぁ、それは冬休みの間の乗馬訓練のお陰かもしれない。ノースコート伯爵家ではサミュエルと一緒に毎日させられたからね。

メアリーは、持って帰った服を整理すると屋敷に帰った。マーガレット王女は夕食までに寮に来られるだろう。

時間割がわかれば、履修する科目を決定できるのだけど……もう決まっているよね。職員室でもらえるかな？

やはり職員室は苦手だ。でも、時間割がないと困る。普通の学生は一コースだけなのに私は二コース取る。つまり、ややこしいのだ。もらえたらラッキーな気持ちで、職員室へ入る。

「おや、ペイシェンスじゃないか」

初等科二年Aクラスの担任だったケプナー先生が声をかけてくれた。やはり話しやすいね。

「時間割はできているのでしょうか？」

ケプナー先生は少し考えて笑った。

「そうか、ペイシェンスは二コース取るのだな。それは大変だろうと言いたいが、必須科目はダンス以外は全部修了証書をもらっているのだから、大丈夫だろう。明日のホームルームで配る予定だが、一部あげよう」

何枚かをまとめた時間割をもらった。ついでに質問しておく。

「私は家政の修了証書をいただいていますが、家政コースの必須の料理と裁縫を受けなくてはいけませんか？　それと時間があれば刺繍《ししゅう》とか染色や織物も受けたいのですが、簡単に修了証書が出たら困るのです。いっぱい作品を作ることは可能ですか？」

歴史のケプナー先生は家政コースに詳しくなかった。きょろきょろと職員室を見回して生活魔法のジェファーソン先生を見つける。

「ジェファーソン先生、ペイシェンスの質問は私の手にあまります。先生は家政コースの先生たちと仲が良かったですよね。教えてやって下さい」

白髪の矍鑠《かくしゃく》たる貴婦人であるジェファーソン先生は優しそうな微笑《ほほえ》みを浮かべて、横の椅子をぽんぽんと叩《たた》いて座るように促してくれた。

「ええ、ペイシェンス・グレンジャーに教えてあげることがあるのは嬉しいですわ」

ケプナー先生は、あとはジェファーソン先生に聞きなさいと席に戻った。

「ジェファーソン先生、厚かましいお願いですが、よろしくお願いします。家政の修了証書をいただいていますが、家政コースの必須科目の裁縫と料理を受けなくてはいけないのか知りたくて。そして時間があれば刺繍や染色や織物も習いたいのですが、無意識に生活魔法を使う癖があって、すぐに修了証書がもらえると身につかないような気がして」

ふふふと、ジェファーソン先生は上品に笑う。

「貴女《あなた》は本当に生活魔法を極めているのね。家政の修了証書をもらっていても、家政コースの必須の裁縫と料理は受けなくてはいけないと思いますよ。裁縫は修了証書がすぐに出るでしょう。料理はねぇ、少し内容が変わりましたから、どうかしらね」

なんだかシャーロット女官の話と違う。マーガレット王女の面倒を見るようにとビクトリア王妃様から言われているのだ。ここは打ち明けて、もっと詳しい情報をもらいたい。自分だけならなんとかなる自信があるけど、マーガレット王女の面倒を見るのは不安だ。

「私は料理も得意です。だから、内容が変わっていたとしても大丈夫だと思います。でも、私はマーガレット王女の側仕えなのです。そして王妃様から裁縫と料理を合格できるように助けろと命じられているのです。裁縫は根気が続けば大丈夫だと思いますが、料理は欠席しなければ良いだけだと思っていました。変わったのですか？」

ジェファーソン先生は私がマーガレット王女の側仕えと聞いて、ふふふと笑った。

「本当にビクトリア王妃様は人を見る目が優れておられるわ。そうね、マーガレット王女様は料理の実習に苦労なされるでしょうね。貴女はすぐに修了証書が出そうだし、困ったわね。駄目ですよ、下手な振りをしても教師にはバレるわよ。でも、教師は学生に怪我《けが》なんてさせませんから大丈夫ですよ」

マーガレット王女のことは本人に任せるしかなさそうだ。授業のストレスをぶつけられそうだけどね。クワバラ、クワバラ。

「それと、私は余裕があれば刺繍や染色や織物に挑戦したいのです。でも、無意識に生活魔法を使うと……作品をいっぱい作りたいと思うので、困っています」

ジェファーソン先生は私の言葉の裏の意味まで汲《く》み取った。

「グレンジャー子爵は免職されて長いですからね。王立学園は教材も無料で提供します。それは教材費を払えない生徒の為です。貴女がいくつ作品を作ろうと、そんなことで目くじらを立てる教師はいませんわ。でも、限度がありますからね。他の学生との兼ね合いもあるので修了証書が出るでしょう」

内職を学園の材料でする計画は頓挫したよ。がっかり。

「織物や染色に興味があるなら手芸クラブに入ると良いわ。あそこなら無尽蔵に材料が手に入りますよ。卒業生が材料の寄付をばんばんしています。大概、染物や織物に興味を持つ学生は、それに関連した所に嫁ぎますからね。次代の嫁の為にも寄付はケチりません」

良い情報をゲットできた。でも音楽クラブもあるし、錬金術にも興味がある。生活魔法と手芸クラブは相性抜群な気もする。

「ほほほ、学園生活をエンジョイしなさい。マーガレット王女様の側仕えは大変でしょうが、貴女の学園生活でもあるのですよ。今はわからないでしょうが、学園生活は人生のうちで自分の為に使える貴重な時間なのです。忘れないで下さいね」

確かに、学園生活をもっと楽しむべきなんだよ。グレンジャー家の食糧事情も改善したし、弟たちの乗馬や剣術訓練も見通しがついた。私は私の楽しみを見つけよう。それがお金になればもっと良い。

ここら辺が根っからの貴族のペイシェンスと違う所だ。前世の価値観から抜け出せない。労働には対価が当然だと思ってしまう。手芸だってネットで売れる世界から来たんだもん。それにノースコート伯爵家からもらった小切手は、いつまでも続かない。ナシウスには大学に行ってもらいたい。あそこは学費無料じゃないんだよ。奨学金とかないかな？

あれほど嫌だった学園生活も弟たちと別れること以外は嫌じゃない。それに中等科は楽しそうだ。異世界の地理とか世界史とか経営とか学びたい物がいっぱいある。

それに家政コースの刺繍とか染色とか織物にも興味があるんだよね。草木染めとか前世では凄《すご》く高価だった。やってみたいと思っていたんだ。そっちに進んでも良いかもしれないけど、嫁に行かなきゃ無理なのかな？　自分で工房とか持てたら良いな。染めて織る暮らし。スローライフじゃない。まぁ、これは弟たちが自立できてからだな。

錬金術が使えたら、それも楽しそうだ。特許が取れたら良いけど、そんなの前世でも難しかったよね。でも、あると便利な台所用品だけでも作れると良いな。冷蔵庫とか、温熱ヒーターも欲しい。これは能力がないとできないみたいだから保留。でも、できたら、これこそ工房を庭の隅にでも建ててやりたいよ。家の屋敷、敷地は無駄に広いからね。裏庭は果樹園と畑と温室で活躍しているけど、表庭は薔薇《ばら》だけだもの。隅っこぐらい使っても良いよね。

なんて取らぬ狸《たぬき》の皮算用をして、折角手に入れた時間割を見て、履修を考える間もなく、マーガレット王女が寮に来られた。夜、考えよう！

ゾフィーがマーガレット王女の到着を知らせてくれた。私は、織物や錬金術でお金儲《もう》けの夢想して気づかなかったからね。

「ペイシェンス、遅かったわね」

あれっ？　マーガレット王女の髪型が変わった。

「マーガレット様、とても素敵な髪型ですね」

満更でもなさそうにマーガレット王女は笑う。

「ええ、素敵でしょ。やっとお母様が髪を結うのを許して下さったのよ」

そういえば、学友のキャサリン様とか髪を結ったりしていたなと思い出す。巻き髪を少し結っていたのだ。全部は結い上げてはいないけどね。

「ペイシェンス、この髪型もできるかしら？　できないなら、やり方をゾフィーに聞いてほしいの」

髪の毛を結い上げて、一つにまとめて巻き髪がサイドに下ろしてある。うん、できそう。

「いえ、大丈夫です。でも、結うのに時間がかかりますよ」

早起きしろとの無言の圧力がわかったみたい。

「わかったわ。貴女が早く来れば良いだけよ」

あっ、ゾフィーから同情の目を向けられたよ。冬休みの間、朝起こすのに苦労したんだね。

ゾフィーに二人分の紅茶を淹《い》れさせると王宮に帰らせた。

「やっとお母様の監視から逃れられたわ。冬休み中、とても厳しくて困ったのよ。ペイシェンスはどうしていたの？」

朝も叩き起こされたようだね。勿論《もちろん》、王妃様直接ではないだろうけど、女官とかメイドとか大変だっただろう。王妃様は他の貴婦人たちと違い、朝食もきちんと食堂で取っておられる。

「私は従兄弟の屋敷を訪問していました。サミュエル・ノースコートは音楽クラブに入りたいみたいですわ」

音楽愛の深いマーガレット王女の目が輝く。

「まぁ、それでサミュエルは才能があるのかしら?」

「ええ、彼は天才ですわ。一度聞いただけで、すぐに覚えて弾くのですから」

パッと顔を輝かす。

「ペイシェンス、サミュエルを音楽クラブに連れていらっしゃい。グリークラブに取られてはいけませんからね。あのクラブは冬休み中にも勧誘活動をしていたそうよ」

あらあら、ルイーズのコーラスクラブやばいんじゃないかな。グリークラブの方が勢いがあるよ。

「ええ、サミュエルも喜ぶと思いますわ。音楽クラブに入りたいと思っていたようですが、推薦が必要ではないかと案じていましたから」

マーガレット王女は、少し考える。

「そうね、サミュエルには貴女の新譜を練習させておいた方が良いわ。きっと弾かされるから」

こんな時のマーガレット王女は本当に役に立つ。

「ええ、サミュエルには私の新譜を何曲かプレゼントしていますから、それを練習させておきますわ」

うっ、マーガレット王女の笑みが深くなるよ。怖い!

「私が王宮で窮屈な暮らしをしている間、ペイシェンスはとても楽しんだようね。サミュエルと音楽三昧していたのね」

誤解だよ！　でもサミュエルが勉強できないのは言えない。

「まぁ、違いますわ。サミュエルは今年入学でしょう。伯母《おば》のノースコート伯爵夫人に学園について尋ねられたのです。そこで、サミュエルが乗馬と音楽に興味があると知って、新譜を弾いたら、すぐにリュートで弾くから驚いただけですわ」

マーガレット王女は乗馬に興味がないので、そこはスルーしてくれた。

「そう、サミュエルはリュートも上手なのね。ペイシェンスも頑張りなさい」

それより時間割だ。マーガレット王女が決めないと、私も決まらない。

「マーガレット様、職員室で時間割をいただいたのです。時間割を決めませんか？」

どれどれとマーガレット王女も時間割を覗《のぞ》き込む。

「私は、必須はＡクラスのを取るわ。きっと学友たちも同じだと思うから」

うん？　時間割をよく見ると必須科目にはクラスが書いてある。やたらと必須科目の授業が多いと思ったよ。

「これは他のクラスのを受けてはいけないのですか？」

私は二コースだから、他の必須科目とダブるなら困る。

「別に良いと思うわ。中等科になればクラスはホームルームしか一緒じゃない学生もいるみたいだから。でも、貴女はダンスだけでしょ」

「いえ、先生に質問しましたが、家政コースの必須科目の裁縫と料理は受けなくてはいけないみたいです」

マーガレット王女がパッと目を輝かす。

「まぁ、なら一緒の授業にしましょう。Aクラスの裁縫と料理よ」

これで二コマ決定した。ダンスは後で空いた時間で良いや。いっぱい授業コマがあるからねなんて呑気《のんき》に考えていたが、マーガレット王女のチェックが入る。

「ダンスはAクラスの授業にしなさい。下のクラスの男子は油断できないし、下手《へた》な人が多いわ」

下級貴族でダンス教師を雇う余裕がない学生が多いから下手なのはわかるが、油断できないの？

「まぁ、ペイシェンスときたら世間知らずね。子爵家の令嬢を射止めようとする野心家に捕まってしまうわよ」

あっ、マーガレット王女はグレンジャー家がどれほど貧乏か知らないのだ。そんな野心家は裸足で逃げ出すよと考えたのがわかったようだ。

「本当に呑気ね。今は、グレンジャー子爵は免職中でしょう。でも、そんなに長くはないわ。お父様はとてもグレンジャー子爵を買っていらっしゃるもの」

あっ、それは嬉しいな。何か閑職にでも就けてもらえれば感謝するよ。

「何故《なぜ》、寮に入るように命じられたのか尋ねてみたのよ。そしたら、貴族至上主義に染まってほしくないからだと教えて下さったの。そこで貴女の父上のことも知ったのよ」

アルフレッド陛下は父親のことを忘れていなかったのだ。なんかジーンときちゃうよ。

夏の離宮では腹が立ったのに勝手だね。

「でも、なんで去年からなのでしょう。リチャード王子は一年だけですし、マーガレット様も初等科三年からだなんて中途半端ですわ」

マーガレット王女も肩を竦《すく》める。

「さあね、ふと思いつかれたのかもしれないわ。さぁ、ダンスはAクラスのを受けるのよ」

やっと三コマ決まった。あとは、家政コースの選択科目だ。

「私はマナーと外国語と育児学と栄養学と家庭医学と美容にするわ。これで六科目ね」

王妃様に予《あらかじ》め聞いていたから驚きはしない。

「外国語は習得が難しいと聞きました。一度、授業を聞いてからにした方が良いかもしれませんよ」

一応、忠告しておく。私的には文官コースも外国語があるから得だけどね。

「ええ、リチャード兄上からも聞いているわ。でも、外国に嫁ぐ可能性もありますもの」

驚いた！　そう考えておられるのだ。

「まぁ、ペイシェンス。目がまんまるよ」

「私は文官コースも取るので、外国語も取るつもりですから一挙両得です」

ショックを誤魔化した。そこから、マーガレット王女の選択科目を六コマ決める。

「ペイシェンス、貴女の時間割、スカスカね。それなら新曲をいっぱい作れるわ」

「いえ、ここから文官コースの必須科目と選択科目が加わりますから。それよりマーガレット様の時間割も空いていますわ」

マーガレット王女の時間割を見て首を傾《かし》げる。修了証書を音楽、ダンスと取っているのは知っているが、もっと空いている。

「でも、これは初めのだわ。必須科目を一コマしか取っていないのよ。国語と魔法学は修了証書をもらう予定だから、これで良いけど。歴史と古典は増やさなくてはいけないかも。それに家政数学も難しいと思ったら二コマにしなくてはいけないのよ。裁縫もドレスが縫い上がらないと先生が判断されたら増やされると聞いたわ」

「裁縫は作品の持ち出し禁止でしょうからね」

確かにドレスを縫うのは一コマでは難しいかも。

「こうなったら、国語と魔法学は修了証書をもらいましょう。そして古典と美術も頑張りましょう」

キース王子と違って古典もそんなに悪い点数ではない。

「そうね、裁縫で時間を取られるなら、他の科目を免除してもらわないといけないわ。ペイシェンスも頑張って修了証書を取るのよ」

私もこれに文官コースの必須と選択を入れて、錬金術まで取ったら二コマしか空かない。染色と織物を取ったら満杯だ。

「ええ、退屈な授業はどんどん修了証書を取ります。やりたいことがいっぱいあるのですもの」

突然のやる気にマーガレット王女は驚く。

「ペイシェンス、そんなに新曲に燃えているとは嬉しいわ」

あっ、新曲に燃えているわけではなく、染色や織物で何か売れる物を作ろうとか、錬金術で便利で価値がある物を作ろうと燃えているんです。でも、内緒にしておこう。

中等科になっても朝からマーガレット王女を起こすのは一緒だ。その上、髪型を整えるのに時間がかかる。

「もう少し慣れるのに時間がかかりますわ」

いつもの倍の時間がかかったのを謝る。

「まぁ、ペイシェンス。王宮のメイドの半分の時間で綺麗《きれい》に仕上がっているわ。本当に器用ね」

コテやら生活魔法で省略しているからね。でも、もっと要領よくできるはずだ。

二人で食堂に下りたら、キース王子に遭遇した。中等科になったから遭わないと思っていたのにね。

「姉上、一緒に朝食を取りましょう」

マーガレット王女は断らなかった。つまり私も一緒だ。やれやれ。

「今年も一緒に昼食なのでしょうか？」

キース王子も不満みたい。そりゃ、そうだよね。友だちと楽しく食べたいよ。

「それを貴方《あなた》に言われても困るわ。こちらこそ友だちと食べたいのよ」

そうだよね。キース王子が王妃様の前だけでも野菜や魚を食べれば安心されるのだ。お子ちゃまめ。

ラルフやヒューゴは隣のテーブルでひやひやしながら食べている。良いよなぁ、別のテーブルで。これが一年続くのか……あっ、良いことを思いついた。

「あのう、ラルフ様やヒューゴ様も一緒に食べられたらいかがでしょう。マーガレット様も学友と同じテーブルで食べれば良いのです」

ハッと二人は顔を見合わせる。

「ペイシェンス、お前賢いな！」

「そうね、お母様はキースと昼食を一緒に食べるようにと言われたのだわ。他の学友が一

緒でも良いはずよ」

あっ、両方の学友と七人で食べることになったのかな。少しマーガレット王女の学友は苦手だけど、まぁ、お二人が姉弟喧嘩《げんか》しながら食べるよりマシだよ。多分。

中等科一年Ａクラスの教室にマーガレット王女と一緒に行く。あっ、キャサリンたちの視線が怖いよ。ライバル視されている。

「ご機嫌よう」

優雅な挨拶だね。控えめに挨拶しておこう。

「ご機嫌よう」

席は後ろにしておくよ。マーガレット王女とは離れるけど、あの取り巻きと争いたくないからね。

「おはよう、皆揃《みんなそろ》っているな。私が中等科一年Ａクラスの担任のサム・カスバートだ。体育で前に教えたことがあるだろう」

私は初対面だ。男子学生たちは頷《うなず》いている。

「これから時間割を配る。一週間後に履修届を出してもらうから、それまでは色々な授業を受けてみた方が良いぞ。それと必須を取るのを忘れるなよ。留年するぞ」

ガハハハと豪快に笑うが、笑い事ではないのでは？　ケプナー先生が懐かしいよ。もっと詳しい説明が欲しいよね。私は前の日に時間割をもらっていて正解だった。

「マーガレット様、どうされます？」

キャサリンたちも慌てているよ。大雑把すぎる説明だものね。

「私はもう決めていますわ」

マーガレット王女が昨夜作った時間割を見せる。

「まぁ、マーガレット様はしっかりなさっているのですね。私もご一緒させていただいても良いですか？」

真似《まね》っ子軍団だ。わぁ、家政コースの選択科目が偏りそう。まぁ、仕方ないよね。この学年の女子はマーガレット王女と仲良くなるように親に言い聞かされているからね。あっ、ビクトリア王妃様はそこらへんも心配されたのかも。

「ペイシェンスは別の授業なのね」

取り巻きの視線が突き刺さる。

「ご機嫌よう」とさっさと去るよ。ああ、疲れる。

法律の教室を探してたどり着いた。あっ、凄くアウェイ！　見事に男子ばかりだよ。シャーロット女官、ここで授業を受けたのか。あっ、少なくとも同級生だったんだね。

その上、授業は退屈。必須科目じゃなきゃ、パスしたい気分。教科書をパラパラ捲《めく》ってみる。うん、丸暗記して飛び級しよう。いや、修了証書欲しい気分だ。この退屈な授業をしているパターソン先生に三年生までの教科書もらうの大変そうだな。

二時間目は育児学だ。マーガレット王女と取り巻きと同じ教室。あっ、手招きしないで下さい。私は教室の後ろで結構です。目で合図するが、許してくれない。

「ペイシェンス、やっと一緒に授業を受けられるわね」

マーガレット王女、私に席を譲ったキャサリン様の目が怖いです。

「ペイシェンス様はすぐに飛び級されるでしょうね」

あっ、とっとと飛び級して消えろ！　と聞こえます。了解です。

育児学、これで良いのか異世界。私の世界の育児と違うんですが……まぁ、子守りがしっかりしていたら良いのかな？　これは学ぶ価値を感じない。教科書もペラいし、丸暗記して修了証書取ろう。


「さぁ、お昼だわ。早く行って席を作ってもらわなきゃ」

ご機嫌なマーガレット王女と三人の学友、それを嫉妬の視線で見つめる取り巻きたち。

ああ、疲れる。

「今年から八人席にして下さい」

給仕たちが三人席を八人席にセットし直す。まぁ、三人席といっても四人用テーブルだから、二つ引っつけるだけだよね。マーガレット王女は上座に座る。そしてキャサリン、リリーナ、ハリエットが周りに座る。私は、キース王子側に押し出されたよ。

「まぁ、ペイシェンス、そこで良いの？」

マーガレット王女が声をかけてくれる。良くないけど、他の学友を押し除《の》ける根性はない。

「ええ、キース王子やラルフ様やヒューゴ様は同じ年ですから」

ハリエットが「そうですよ。お友達ですものね」と同意する。

「まぁ、そこで良いなら」

マーガレット王女は許可してくれたが、キース王子はどうなるのかな？

「おっ、ペイシェンスも一緒なのだな。当たり前か、姉上の側仕えなのだから」

キース王子はマーガレット王女の反対側に座る。そしてその横にラルフ、つまり私の横はヒューゴだ。

「明日からは三個テーブルをくっつけてもらいましょう」

女学生と一緒なんて嫌だよね。

「それでは間が空いてしまう。一緒に食べることにならないから駄目だ。まぁ、ペイシェンスは一緒に食べるのに慣れているから、このままで良い」

キース王子は良くても、私は良くないです。でも、逆らえないんだよね。それにマーガレット王女たちは和気藹々《あいあい》としているし、このままかも。

兎に角、どちらの会話にも加わらないようにして昼食を終えよう。と思っているのにさぁ、マーガレット王女の音楽愛を忘れていたよ。

「音楽クラブに新しいメンバーを推薦するつもりなのよ」

キャサリンたちも興味津々だ。だって新たなライバルになるかもしれないからだ。

「ペイシェンスの従兄弟のサミュエル・ノースコートよ。ペイシェンスが言うには天才だそうよ」

あっ、視線で殺せるなら殺されそう。

「ノースコート伯爵家の嫡男だな。ペイシェンスが天才と言うほどなのか」

何故か頭の上から言葉が降ってきた。勝手に椅子を引っ張ってきて隣に座らないで下さい。アルバート部長。

「まぁ、アルバート。勝手に席に着かないで」

マーガレット王女の制する声も無視ですね。

「明日、クラブにその天才を連れてくるのだぞ。お前の従兄弟なら本当に天才かもしれないな。マーガレット様、今年は当たり年かもしれませんよ。私も三人推薦しますから」

あっ、マーガレット王女の音楽愛に火がついた。

「給仕、一席作りなさい。それでアルバート部長、どなたを推薦されるのですか？」

他の学友もマーガレット王女の音楽愛には敵《かな》わないのを知っている。盛り上がっているマーガレット王女とアルバートを放置して、三人で家政コースについて話しながら食べる。

「お前の従兄弟も賢いのか？　まさか学年を飛び級して二年になるつもりなのか」

私はキース王子の質問責めにあう。

「サミュエルは、古典が苦手ですから飛び級などできませんわ」

キース王子が愉快そうに笑う。

「そうか、サミュエルとは気が合いそうだ」

確かに似ている性格だね。でも、サミュエルの方が影を背負って拗《こじ》らせているけどね。

「音楽の天才なのですか？」

ヒューゴが興味を持ったみたい。同じ伯爵家の嫡男だからね。

「一度聞けば、すぐ弾けますわ。私より音楽の才能に恵まれているようです」

テーブルの端からアルバートが聞きかじって騒ぐ。

「そうか、それは凄いな。だが、ペイシェンスのように新しい曲を生み出す才能も貴重だ。なぁ、お前は文官コースなんか取らずに、家政コースをさっさと卒業して、ラフォーレ公爵家に就職しないか？　音楽だけで生きていけるぞ」

この前の求婚を断ったら、職を提供されました。

「アルバート、私の側仕えを取るなんて許しませんよ」

これもマーガレット王女が断ってくれたよ。やれやれ。

「お前は変人に好かれるな。そうか、お前が変人だからだ！」

すっきりした顔のキース王子を見て、本当にリチャード王子が卒業されて残念だと思ったよ。こんな時こそ威圧してほしい。

疲れる昼食は食べた気がしなかった。勿体《もったい》ないね。明日からは平常心で食べることに集中しよう。

昼からはマナーとダンスだ。マナーはマーガレット王女と取り巻き全員と一緒だ。私はクラスの他の女学生と一緒にいたいな。

マナーの先生は、如何《いか》にもハイソな貴婦人っぽいルールデール・リッジウォーター先生だ。昼休みが終わって教室を移動したけど、まだ皆ざわついていた。

「あらあら、皆様お静かに。お席にお着きになって」

全員が席に着くが、リッジウォーター先生は「あら、駄目よ。そんなにガタガタいわせないで」と注意が飛ぶ。

「レディとしてマナーは大切ですわ。それができないと恥をかくだけでなく、人間としても価値を損ねてしまいます。常にレディとして振る舞うようにしましょう」

わぁ、大変そうな先生だ。

「マナーの授業は、ほぼ実践です。春学期の目標は女主人《ホステス》としてお茶会を成功させることです。今日は、お茶会のテーマとお客様の選択、そして招待状を書いていただきます」

お茶会なんて、グレンジャー家では開いたことないよ。それでも配られた紙に、お茶会のテーマを考えて書く。

『冬でなくても良いはずよね。なら花見のお茶会にしましょう。テーマは春を寿《ことほ》ぐ。招待客は三人の伯母様で良いわね。招待状は……』

ペイシェンスのマナーは完璧だ。私は、まぁまぁだと思う。かなり慣れてきた感じ。

リッジウォーター先生が回ってきて、私のお茶会の計画表を手に取って読む。

「まぁ、貴女のお茶会は完璧ですわ。飛び級しなさい」

あっ、皆様の視線が突き刺さるよ。でも、マーガレット王女と取り巻きと違うクラスになれたのは嬉しいな。

マーガレット王女も良い計画表だったし、キャサリンとハリエットも褒められたが、飛び級はできなかった。

「ペイシェンスはやはり飛び級ばかりだわ。折角、一緒のクラスになれたのに」

マーガレット王女は残念そうだが、学友たちは「素晴らしいですわ」と褒めてくれた。

「さっさと飛び級して消えろ」と後ろの方で聞こえたのは気のせいだと思っておくよ。マナーは大事だからね。

ダンスはマーガレット王女も学友たちも修了証書をもらっているから免除だ。でも、中等科の一三歳から一四歳の学生の中で私は一一歳。それも栄養不良だったので、背も低い。大人と子どもに見えるよ。かなり不利だな。

それに、このAクラスのダンス授業、なんだか女学生が多い。何故だろう。中等科一年Aクラスの女子は一五人だった。それにマーガレット王女の取り巻きはほぼ修了証書をもらって免除だ。

私が不思議に思っているうちに、キャラガン先生が来た。この先生は初等科二年のダンスの授業を受けたことがある。

「さぁ、パートナーと組みなさい。今日はこれまでのおさらいです」

パンと手を叩くと次々とパートナーを組んでいく。やはり美人から誘われるんだね。なんて考えていたら、声をかけられた。

「おっ、お前は青葉祭《あおばさい》に来ていた女学生ではないか?」

誰だっけ? 青葉祭で会ったのは、ラッフル部のジェフリー部長、あの人は縦横が大きかった。乗馬クラブのメンバーは細身だった。この人はひょろりと背が高いけど、乗馬クラブのメンバーとは違う。

「あれから待っているのに来ないからがっかりしていたのだ。名前も知らないから勧誘にも行けなかったしな」

あっ、汚い白衣がないからわからなかったよ。錬金術クラブのカエサル・バーンズだ。

「あのう、バーンズ様は確か部長でしたよね。ここは中等科一年生のダンスクラスですよ」

間違っているのではないかと尋ねる。

「いや、私は中等科二年なのだが、ダンスを取るのを忘れていたのだ。だから、今年は修了証書を取るつもりだ」

必須科目を履修しなかったのだ。こんな間違いもあるんだね。

「私もできたら修了証書をもらいたいのですが、あいにくとダンスは得意ではないのです」

「大丈夫だ。私は、ダンスは上手《うま》い。本当だぞ。去年は履修届を書くのを忘れただけだ」

本当かな？　と疑っていたが、カエサルは本当に上手かった。上手いリードだと上手く踊れる。

「あっ、カエサル。今年はダンスをちゃんと取ったのだな。お前は合格だ。修了証書をやろう。二度と必須科目を忘れるなよ。パートナーはペイシェンスか、まぁオマケで合格だ。修了証書をやるか、そのくらい踊れたら大丈夫だろう」

えっ、棚からぼた餅で修了証書をゲットしちゃった。良いのかな？　キャラガン先生がくれたのだから良いんだね。やったね！

「ありがとうございます。この授業では女学生が多いから、チビの私は下手なリーダーとしか組めないので修了証書をもらうのは難しいと思っていたのです」

お礼を言ったら名前を尋ねられた。

「ふん、Ａクラスの男子目当ての女学生たちだろう。それはそうと、ペイシェンスの次はなんというのだ？」

なんとなく答えたくない気がする。私が口籠もっていると、キャラガン先生が口を出す。

「おい、カエサル。私の授業中に下級生を口説くとは良い度胸だな。修了証書を破くぞ」

カエサルは肩を竦めて笑う。

「キャラガン先生、そんな殺生な。ダンスを取り忘れたのを父親にきつく叱られたのですよ。今年は修了証書を取ると言ってやっと許してもらったのです」

キャラガン先生も笑って「さっさと出ていけ」と修了証書を投げて渡した。私にはちゃんと手渡ししてくれたよ。ダンス教師は女学生には優しいね。

教室の外でカエサルに捕まった。

「で、名字は？」

「ペイシェンス・グレンジャーです。錬金術の授業を受けて、できるようなら履修届を出すつもりです。錬金術クラブはその後に考えます」

カエサルは「わかった」と案外素直に引っ込んだ。なんて思っていたのは私が馬鹿だからだ。

「お前はいつも変人に付き纏《まと》われているな！」

ラルフとヒューゴを伴ったキース王子が私の後ろからカエサルを睨《にら》んでいたのだ。

「キース王子、授業は？」

「ダンスは修了証書をもらったぞ！」

私に見せびらかすけど、私ももらったんだよね。

「ペイシェンスももらったのか？　お前のダンスでは修了証書はもらえないだろう？」

ああ、うるさいね。

「あのカエサル様は変人ですが、バーンズ公爵家の嫡男ですから、きっとダンスも習得されているのでは？」

ラルフは貴族に詳しいね。キース王子は知らなかったみたいだ。

「えっ、あの変人が……王家の親戚は変人ばかりだ」

公爵家って元は王族だよね。確かにラフォーレ公爵もかなり変わっている。それにしてもバーンズ公爵家、大丈夫なのかな？

「バーンズ公爵といえば、バーンズ商会を経営されているのですよね。凄い遣手《やりて》だと父が褒めていましたが……あの方が嫡男なのですか。付き合えるかな？」

ヒューゴは悩ましいみたいだ。父親に近づくように言われたんだ。貴族は大変だね。

「ヒューゴ様、錬金術クラブに入れば仲良くなれますよ」

折角、私が親切に教えてあげたのに、三人に「嫌だ！」と叫ばれた。

「やはりお前の周りには変人が集まる。変人に好かれる匂いでもしているのではないか？」

キース王子は一言多いよ。それも人の気分を悪くする一言が。

「失礼いたします」とその場を後にした。キース王子は悪い人間ではないけど、腹が立つことが多すぎる。いくら私がショタコンだとはいえ、傷つけられる相手は避けるよ。

それにサミュエルを捕まえて、音楽クラブに誘わなくてはいけない。初等科一年Ａクラスに急ぐ。

「あっ、サミュエル！」

丁度、授業が終わったようだ。

「ペイシェンス、何か用か？」

ふふふ、ツンデレも可愛いよ。

「明日、音楽クラブにマーガレット王女様が推薦して下さることになったの。だから、私があげた新譜を練習してきてね。音楽クラブの場所はクラブ案内の冊子に書いてあるから来られるでしょ？　来られるかどうか自信がないようなら、クラスまで迎えに来るけど？」

教室の前の廊下で話していたら、可愛い少年がモジモジしていた。

「あのう……音楽クラブに君も入るのかい？」

茶色い髪に青い目、うん天使だね。ルネッサンスの宗教画から出てきたみたいだよ。

「ああ、どうやら推薦してもらえるようだ。クラウスも入るのかい？」

パッと目を輝かすクラウス君、やだ、どストライクだよ。それに手を振って二人の天使を呼んでくれた。金髪と濃いブロンドの美少年だ。

「ええっと、サミュエルだったかな。私も音楽クラブに入るつもりなのだ。そして、従兄弟のバルディシュもね。それでこちらは？」

サミュエルがやっと私を紹介してくれた。

「私の従姉妹のペイシェンス・グレンジャーだ。マーガレット王女様の側仕えをしている。音楽クラブの先輩になるのかな」

音楽クラブの先輩と聞いて、三人は礼儀正しく自己紹介をしてくれた。

「私はダニエル・キンバリーです。アルバート様から音楽クラブに推薦されました」

濃いブロンドに茶色の目、わぁ、将来楽しみな美少年だ。

「ダニエルの従兄弟のバルディシュ・マクファーレンです」

金髪に水色の目が、天使属性だよ。

「私はクラウス・アーチャーです」最初に声をかけてくれたどストライクな天使だね。

「明日、音楽クラブに推薦されると思うけど、メンバーは音楽が大好きな方ばかりなの。だから、きっと曲を弾くことを求められるわ。サミュエルにも練習してくるように忠告しに来たのよ。四人なら迎えに来なくても大丈夫ね」

サミュエルは他の三人とは知り合いではなかったようだけど「一緒に行きます」とダニエルが答えた。この四人のリーダーはきっとダニエルになるね。オーラが違うもの。

「お願いしておきますわ」と頼んでおく。クラスのリーダーと一緒ならサミュエルも学園に馴染《なじ》めるだろう。

第二章　新しい人間関係

ほとんどパートナー役のカエサルのお陰で取れたダンスの修了証書だけど、マーガレット王女も褒めてくれた。

「ペイシェンス、頑張ったわね」

そこまでは良かったのだが、マナーを飛び級した件でぐちぐち言われた。

「やっとペイシェンスと同じ授業だと喜んでいたのに、良いわ。私も頑張って飛び級するわ」

マナーはまだ良い。問題は育児学だ。それと栄養学、家庭医学も同じ程度なら受けたくない。修了証書をもらう努力もしたくない気分だ。ビクトリア王妃様が嘆かれるのも無理はない。簡単というより時間の無駄だ。

これらの科目は社交界デビューされる令嬢の為に簡単に修了証書がもらえるようにしてあるのだろう。割り切って修了証書をもらう方が賢い選択だ。でも、もやもやする。

『もっとマシな科目を選択するべきではありませんか？』とマーガレット王女に言った方が良いのかもしれない。それなのに小心者だから言い出せない。もしかしたら栄養学や家庭医学はしっかりとした内容なのかもしれないと自分を誤魔化す。

火曜は、行政、外国語、裁縫、織物だ。行政が法律より面白い授業でありますようにと願ったが、同じパターソン先生で退屈だった。でも育児学みたいに時間の無駄とは思わない。覚えた方が良いとは思えるもの。中等科一年の内容は中学の公民程度だ。教科書を丸覚えできそう。

「外国語は一緒に受けましょうね」

マーガレット王女に腕を組まれて、教室移動する。

あれっ、取り巻きがいないよ。外国語は難しいから逃げたのだ。これは気楽だね。

「外国語と言うが、デーン語は我が国や隣国のソニア王国、コルドバ王国、そしてエステナ聖皇国で話されているエンペラード語の親戚だ。第二外国語のカルディナ語ほど難しくはないから安心しなさい」

口髭《ひげ》の立派なダンディなフィリップ・モース先生は、なかなか面白い。各国の口調を真似して笑わせてくれる。

「エンペラード語も各国で訛《なま》りがある。ローレンス語は堅苦しい、文学に向かないと他国から非難されているが、素晴らしい文学もあるのを知らないのだろう。ソニア語は女っぽくて、なよなよしているな。女を口説くのが好きなソニア人らしく変化したのだろう。コルドバ語は荒っぽいぞ。飛んでくる唾に気をつけなくてはいけない。エステナ語は宗教臭い。一々、神様の名を付けて話すから、聞いていて内容がわからなくなる。デーン語より難しいかもしれないぞ」

学生を笑わせて緊張を解き、まずは簡単な挨拶から練習させる。私はマーガレット王女と組んで練習する。

『はじめまして、私の名前はマーガレットです』

『はじめまして、私の名前はペイシェンスです』

『おはようございます』

『こんにちは』

この授業は楽しいよ。単語とか覚えるのは大変だけど、やり甲斐《がい》があるもの。

昼食は、キース王子を無視して、食べることに集中しよう。少なくとも私は努力したよ。本当に空気読めないね。

「ペイシェンスはカエサルの錬金術クラブに入るのか？」

わざわざ不愉快な話題を掘り起こすんだね。昨日、変人が寄ってくる匂いでもしているとか侮辱したのを忘れたのかな。

「まだ決めていません。錬金術の授業を取ってから考えます」

これで、この話題はお終《しま》いだよ。私は食事に集中するからね。なのに、諦めないんだ。

「錬金術の授業を受けるのは本気だったのか？」

人の授業に文句を付けないでほしいよ。

「ええ、受けて錬金術ができるかどうか試したいと思っています」

あっ、キース王子が何か言い出すよ。失言レーダーが稼働した。去年一年間、リチャード王子を怒らせていたから、察知できるようになったんだ。

「もしかしてカエサル目当てなのか？　バーンズ公爵家は裕福だそうだ」

馬鹿じゃない！　と睨みつけた。クスクスと忍び笑いがする。学友三人が私を笑っている。ああ、この席で食事は無理だ。

「マーガレット様、気分が優れませんので失礼いたします」

お子様の言うことだから、軽くいなしたら良いのはわかっている。でも、私も思春期でホルモン全開なんだよ。それに、ご学友たちとも一緒にいたくない。

なるべく優雅に立ち去ることに神経を集中させる。後ろで騒いでいる学友たちやキース王子は無視するよ。


階段を下りて、庭に行く。寒いけど、ここなら見つからないからね。

「もう無理だ！　マーガレット王女の側仕えは嫌だ。朝起こすのとか、音楽フェチなことぐらいは良いよ。でも、あの取り巻き連中は大嫌い。それに意味がない授業を受けるのも嫌だ」

寒い中で叫ぶ。

「青葉祭でも騎士クラブの男子目当てでマーガレット王女を放ったらかしにしたし、友だちぶっているくせに寮に入りもしない。それに難しい外国語は一緒に勉強しようともしない。きっと、マーガレット王女の学友になったのも、良いところに嫁に行く為に有利だとしか考えていないんだ。大嫌い！」

叫ぶだけ叫んだら、スッとした。キース王子の失言に腹が立ったのは事実だけど、本当は自分に嫌気が差していたのだ。

ハッキリとマーガレット王女に言おう。側仕えを続ける条件として、私は自分の授業は自分で決める。そして、尊敬できない学友との付き合いはしない。そう、初めから寮生活だけの側仕えだったのだ。マーガレット王女が彼女たちと一緒にいたいなら、いれば良い。私はいたくない。

「音楽クラブも辞めよう」

音楽クラブは嫌いじゃないけど、あの三人と一緒は嫌だ。寮だけの側仕えに戻してもらおう。昼食も下の食堂の方が気楽だ。顔をバンと叩いて気合を入れる。

「あっ、お腹空《なかす》いたな……下の食堂で食べたらいけないかな？」

前菜の途中で席を立ったのだ。つまり、ほとんど食べてない。お腹がグウグウ鳴っている。格好悪いな。

怒るってエネルギーがいるね。お腹も空いたし、寒いから学食に行こうとしたら、木の陰からグゥウと音がする。

「誰？　そこにいるのは」と聞いたけど、キース王子なのは明らかだ。あちゃあ、叫びまくっていたのを聞かれちゃった？

「さっきは済まなかった。そして昨日の失言も許してくれ。私は自分の不甲斐なさを姉上の学友に良いようにされているお前にぶつけてしまったのだ。お前は母上に選ばれた側仕えだ。あんな毒虫連中は追い払え。文句があるなら母上に言わせれば良いのだ」

一気に謝ってくれたが、キース王子のお腹がグゥウと鳴っている。それにキース王子の失言がきっかけで出てきたけど、問題の根っこはそこじゃない。マーガレット王女とその取り巻きたちだ。

「お腹空きましたね。そっちで見ているラルフ様やヒューゴ様もお腹が空いているでしょう。上級食堂《サロン》にお帰りなさい。キース王子、立ち聞きはマナー違反ですわよ」

これで側仕えをクビになっても良い。もう、私は私のしたいようにするよ。まずは学食で食べよう。

「さっさと歩け」

キース王子がエスコートする気なのか待っている。

「先に行って下さい」

ペイシェンスは歩くのも遅いんだよ。走るのも遅かったから、キース王子に見つかったんだよね。ヒステリーを見られたのは、恥ずかしいよ。

「これを着ろ！」と上着を脱いで、私にかける。

「えっ、駄目です」と返そうとするが、サッサと走り去っていた。足が速いね。追いつかないや。それに暖かい。

寒いからペイシェンスなりに早足で帰る。キース王子の上着は食堂に入る前に脱いだよ。そして、上級食堂《サロン》の給仕に返してもらう。私は久しぶりに学食で完食したよ。味はそりゃ上級食堂《サロン》の方が美味しいけど、気楽に食べる方が良いんだよね。最初に負けなきゃ良かったんだ。私は初めから間違っていたんだね。

私は王立学園に入学して初めて授業をサボった。冷静に考えてみる必要があったからだ。部屋の暖炉の前のソファーで履修要項と時間割を見ながら、本当に自分が学びたい物を選ぶ。

「家政コース、マーガレット王女の側仕えを辞めるなら、取る必要があるのかしら？」

私はあの学友とは合わない。だからクビになっても仕方ない。なら、家政コースを選択する意味はないのでは？

「興味のある授業だけにしようかな？　習字、カリグラフィーには興味あるんだよね。前世で格好良いと思っていたし。刺繍も内職に活《い》かせるよ。染色と織物は絶対やりたい。音楽クラブを辞めるなら、手芸クラブに入りたいな」

突然、叫び声がした。

「駄目よ。音楽クラブを辞めるなんて！」

あっ、マーガレット王女が部屋に入ってきた。

「今は家政コースの必須科目の裁縫の時間ですよ」

それでなくてもドレスを縫うのは一コマじゃ無理そうなのに、サボったりしたら、先生に目をつけられるのでは？

「裁縫なんかどうでも良いわ。音楽クラブを辞めないで」

溜息《ためいき》しか出ないよ。音楽愛は良いけど、私はあの学友とは無理なんだ。理解してもらえるかな？　まぁ、駄目なら側仕えをクビにして下さい。

「マーガレット様、私はご学友と上手くやっていけそうにありません。だから、音楽クラブは無理です。それと、自分の為にならない授業を受けるのも嫌です。だから、寮限定の側仕えなら続けても良いですが、それでご不満なら、辞めさせて下さい」

マーガレット王女が黙り込んだ。怒っているのだろう。クビ決定だね。父親と同じだよ。

「貴女はお母様と同じことを言うのね。私が選んだ科目を本当にそれで良いと思っているのですかと何度も尋ねられたわ。私は寮に入らされた意味を理解していなかったのね。キャサリンやリリーナやハリエットを学友に選んだ時からお母様は間違っていると仰《おつしや》りたかったのだわ。幾度となく批判の目を送られたもの」

あの三人はマーガレット王女が学友に選んだのだ。驚いたよ。

「ビクトリア王妃様が選ばれたのだとばかり思っていました」

マーガレット王女は自嘲するように笑った。

「私は彼女たちの容姿や家柄、そして音楽の腕前で選んだの。それに寮に入る前は上手くいっていると思っていたの。綺麗な学友と音楽クラブで楽しかったし、時々は王宮に招いたり、屋敷に行ったりしていたのよ」

それは楽しいと思うよ。屋敷では下にも置かないもてなしだろうし。だってマーガレット王女も一〇歳や一二歳だったんだもん。

「ご学友たちと一緒におられても良いのですよ。私が無理なだけですから」

何年も一緒に過ごしたのだ。マーガレット王女が一緒にいたいと望むのも無理はない。親が嫌う相手でも友だちになることも多いよね。それは本人の自由だと思う。

私は王妃様が選んだ側仕えだ。マーガレット王女が選んだわけではない。私は一歩引く。

「ペイシェンス、側仕えを辞めるつもりなの？」

それはマーガレット王女次第だ。

「寮限定の側仕えで良いのなら、続けても良いです。でも、私は自分が尊敬できない相手と一緒にいるのは無理なので、授業中は別行動させて下さい。昼食も下で食べます。本当に気楽で良いのです」

自分の学友を尊敬できないと言われてショックかな。クビだよね。まぁ、弟たちとの時間は増えるかもね。夏休みとか一緒に過ごせるよ。

「あの子たちが貴女に意地悪していたのは感じていたの。それなのに何もしなかったのは悪かったわ。だから、側仕えを辞めるなんて言わないで」

そういう問題じゃないんだよね。それも大事だけど、私がもう無理なんだよ。多分、ペイシェンスなら我慢できたのかも。『嫌よ！』おっ、久しぶりにペイシェンスから強い反応が返ってきた。頭は痛くなるけど、同じ意見で嬉しいよ。そうか、犠牲精神旺盛なペイシェンスでも我慢できないんだね。じゃ、辞めても良いんじゃない。

マーガレット王女が朝起きられないなら、寮暮らしは無理なのだ。王妃様も王宮に帰らせて監視されるだろう。

「マーガレット様、辞め……」

側仕えを辞めると言いかけたけど、続けられなかった。

「ペイシェンス、側仕えを辞めるなんて言わないで。朝もなるべく自分で起きるようにするわ。それに、私も育児学なんか馬鹿馬鹿しいと思っていたの。簡単に単位が取れるので社交界デビューするのに便利だというから選んだだけなの。私は社交界なんか興味ないのに、いつの間にか影響されていたのだわ。ああ、お母様はそれを仰りたかったのね。苦手な実技を避けるのを叱られているのだとばかり思って、反発していたの」

まぁ、王妃様は苦手な実技を避ける態度も不満だったみたいだけどね。王女様なのだから、ちやほやされるし、甘い言葉は嬉しいから、苦手なことを避けるのも理解できる。私も乗馬は避けたいからね。

「王妃様は心からマーガレット様のことを案じておられるのですね。きっと、嫁がれて苦労されるのを防ごうとされているのですわ」

「まぁ、本当にその通りだわ。お母様の言葉もペイシェンスの言葉も受け入れ難いけど、私がこれで良いのか考え直す必要があるのだと気づかせてくれるわ。キャサリンやリリーナやハリエットとは距離を置くことにするわ。彼女たちは私が臣下に降嫁したら、手のひらを返すでしょうから」

私はびっくりした。

「いいえ、それはさすがにないでしょう。マーガレット王女は降嫁されても王女様ですわ」

「ペイシェンスは本当に世間知らずね。キースはお父様が退位されても王弟として、リチャード兄上を支えていくでしょう。でも、王女は政略結婚してどこへ嫁ぐかわからないのよ。もしかしたら敵国に嫁ぐ羽目になるかも。そんな時に彼女たちがどう接するかわかったものじゃないわ」

あっ、前にキース王子やラルフやヒューゴと話したことがある。その時はピンとこなかった。それにマーガレット王女とこんなに関係が深くなるとも思っていなかった。

「正直に言って、側仕えに選ばれた時は迷惑に感じました。でも、今はマーガレット王女にお仕えできて楽しかったと思っています」

これで側仕えも終わりだね。少し寂しいよ。色々な欠点はあるけど、マーガレット王女は意地悪じゃないからね。

「ペイシェンス、何を言っているの。貴女はお母様に選ばれた側仕えなのよ。勝手に辞めたりできないわ。私が切るのは学友よ。あの子たちと一緒にいるのは楽だけど、それではいけないのよ。やっとわかったのに、側仕えまでいなくなると困るわ」

マーガレット王女の笑みが深くなる。断れないんだね。でも、踏ん張るよ。

「寮での側仕えは続けますわ。でも、昼食は下の学食で取ります。それと音楽クラブは無理です」

あっ、マーガレット王女の微笑みが怖い。こんな所は王妃様そっくりだ。

「ではペイシェンス、私にキースとその学友と四人で食べろと言うの？　キャサリンたちを切ると言ったでしょ。音楽クラブも除名するようにアルバートに言うわ。あの子たちは社交界の話ばかりだし、音楽クラブにいるのは私の学友として箔《はく》が付くからに過ぎないわ」

えっ、そんなことをしたら仕返しが怖いよ。なんとか円満退職したい。

「ペイシェンス、私を舐《な》めないで。キャサリンやリリーナやハリエットに負けるとでも思っているの」

いや、マーガレット王女は負けないでしょうが、私は吹っ飛んでしまいますよ。

「ふふふ、お母様はそんなことを許されませんわ。安心なさい」

親に釘《くぎ》を刺すんだね。

「それでペイシェンスは何を取るつもりなの？」

なんとなく私はマーガレット王女に負けたようだ。でも、あの学友と一緒でないなら良いとしよう。私と別の授業の時は仲良くしても、それはマーガレット王女の問題だ。

結局、マーガレット王女の側仕えを続けることになった。でも、学友とは距離を取ると言われたし、私は一緒に行動することは遠慮するとはっきり伝えた。

『カラ～ン、カラ～ン』三時間目が終わった鐘が鳴る。

「マーガレット様、次はサボらないように」

マーガレット王女が修了証書を取れる可能性がある美術だ。

「ええ、わかっているわ。ペイシェンスは織物だったかしら。それが終わったら音楽クラブに来るのよ」

「ええ、今日はサミュエルがクラブに推薦される日だから行きます。でも、キャサリン様たちを音楽クラブから除名するのは反対です。ご本人が辞めると言われるのなら仕方ありませんが、それをされたらマーガレット王女は権力を振り翳《かざ》して辞めさせたことになりますよ。クラブ活動なのだから、好きなことをしたら良いだけなのです」

私は音楽クラブを辞めても良い。学友の三人がどうするかは、本人が決めることだと釘を刺しておく。

「でも、貴女はあの子たちがいるなら音楽クラブを辞めると言うじゃない。それは駄目なのよ」

まぁ、あまり近づきたくないのは確かだ。ホームルームとか家政コースの必須時間は仕方ないけど、放課後までは嫌だな。

「それは、音楽クラブで話し合いましょう。授業に遅れますよ」

私は家政コースの選択の織物だ。楽しみだよ。

見事にAクラスの女子はいない。つまりBクラスかCクラスの女学生だけだ。それに人数も八人しかいない。Aクラスの女子はマーガレット王女と同じ選択科目だし、他のクラスも単位が取りやすい科目に集中しているのかもしれない。

教室の机の上には小さな機織り機が置いてあった。

「これで織物をするのね」

幅が広くないから、前世の帯ぐらいしか織れない。異世界ならセンタークロスになるのかな?

空いている席に座って先生が来るのを待つ。他の学生たちは友達と話している。うん、少し寂しいよ。飛び級のマイナス面だね。知り合いが一人もいないのは仕方ない。

「あら、今年は少ないわね。サリー・ダービーよ。一年間よろしくね」

あっ、この先生は好きだな。細くてキビキビしていて頼もしい。

「春学期は、見ての通り小型織り機で作品を作ります。この中で織り機を使ったことがある人はいますか?」

数人が手を挙げた。ということは、初心者は私を含めて四人だ。

「では、そこの四人は前の席に移って。固まっていた方が教えやすいわ」

私は前の席に移動する。前の席は苦手だけど、仕方ないよ。

「他の人も見ていてね。小型織り機の使い方を説明するわ」

ダービー先生は、私の右隣の茶色い髪の女学生の机の上の小型織り機に縦糸を通す。

「この縦糸に模様を染めつけるやり方もあるけど、初めだから白の太糸です。前の教壇に太糸があるから通してみなさい。わからなかったら手を挙げてね」

私は白の太糸を小型織り機に通していく。さっきダービー先生が通すのを真剣に見ていたから、ちゃんとできた。

「あら、初めてなのに早いわね。もう少し待っていてね」

ダービー先生は通し終えてない学生を手伝う。

「これから何回も縦糸を通すから、今回は手伝うわ」

全員が縦糸を通したので、今度は横糸で織る方法だ。私の左隣の赤毛の学生の織り機で見本を見せる。数段織って、糸の色変えの方法も説明する。

「さぁ、織ってみて。わからなかったら手を挙げるのよ」

後ろの席からはリズミカルな音が響く。横糸がシュと通り、バンと締めて、パタンと縦糸が交差する。

「ダービー先生、後ろの方の見学をしても良いですか？」

先生は説明しながらだから、ゆっくりと数段織られただけだ。織物のリズムを感じたい。

「ええ、良いですよ」

許可が出たので、後ろの席で織っているのを見学する。

なんとなくリズムは掴《つか》めたので、織ってみる。

「まずは赤色ね」

白の縦糸に赤の横糸が一本進む。木の枠でバンと締める。そして縦糸を交差させて、横糸を走らせる。楽しいけど、根気がいる作業だ。

「紅白の縞《しま》模様にしよう」

初めてだから二色だけで織ることにする。決めたら織るだけだ。赤色を多めにして、白を数段織る。あっ、熱中していたら生活魔法を使っちゃった。

「あら、もう織り終えたのね。もしかして、生活魔法持ちなの？」

あっ、バレた。

「ええ、集中すると無意識で使ってしまうのです」

ダービー先生は笑った。

「そんな謝らなくても良いのよ。優れた織手の中には生活魔法持ちは多いのよ」

初心者の三人はまだ織り上がってなかったが、経験者は終わった。

「織り上がったら、こうして織り機から外すのよ。そして端の始末をしたら出来上がり。織物の授業を選択する学生には染色も一緒に取ってほしいわ。糸を染めて織るともっと自由に作品が作れますからね」

染色も取るよ！　織物は根気がいるけど、作品が出来上がるのは楽しい。

それに初心者の茶色の髪の女学生はソフィア・サマーズ。赤毛の子はリリー・ミッチェル、濃い茶髪の子はハンナ・バリー。

「初心者がいて心強いわ」

ソフィアは可愛いね。年上だけど、可愛い性格なんだよ。

「すぐに追いつくわよ」

リリーは強気だ。

「染物、取ってなかったの。取った方が良いみたいだわ。何かと変更しなきゃ」

ハンナは少し頼りない感じだよ。

そう、初心者の仲間ができたんだ。後ろの席の学生は家で織物をした経験があるみたい。

今日の作品なんか目じゃない感じだよ。

「私はこれを暖炉の上に飾るつもりよ」

よく見ると織り目が不揃いな所もあるけど、それは味と思うことにする。

「でも、貴女はマーガレット王女様の側仕えでしょ。いくらでも素敵な布が買えるのではなくて？」

リリーが尋ねたけど、他の二人も同意見みたいだ。

「側仕えだけど、私の家は質素倹約ですもの。自分で好きな物を作るのは楽しいわ」

なんとなく貧乏なのが伝わったようだ。仲間意識が広がる。

「そうよね、次は何を織るのか楽しみだわ」

やはり、自分の受けたい授業は楽しいね。

法律や行政は先生が退屈なだけかもしれない。パターソン先生以外の授業はないのかな？　丸暗記して修了証書をもらうにしても、春学期の間ずっと退屈な授業は受けたくない。探してみよう！

楽しい織物の授業だったのに、音楽クラブに行かないといけない。

「サミュエルを迎えに行こうかな？」

どうせ私は小心者ですよ。マーガレット王女と学友のゴタゴタに巻き込まれたくない。キャサリンたちは嫌いだけど、クラブを辞めさせる理由はない。だから、私が辞めたら良いだけよ。

「嫌だなぁ、手芸クラブに代わりたいよ」

手芸クラブで色々と作品を作りたいな。子ども部屋のクッションとか、織物でミニラグとか作れるようになりたい。

ちょっと手芸クラブを覗いてみようかな？　サミュエルたちは四人だから、勝手に来るだろう。

クラブハウスには一年間来ていたけど、一階の音楽クラブしか知らない。まぁ、部屋の上には小さな看板が付いているから、探せるよね。

「ええっと、手芸クラブはないわね。二階かしら？」

クラブに入る気がなかったので、入学した時にもらった分厚いクラブ案内の冊子は見ていなかった。

二階かもしれないと階段を上がろうとクラブハウスの端まで歩いていたら、カエサルに見つかった。

「おっ、ペイシェンス。錬金術クラブに入る気になったのか？」

「いえ、手芸クラブを探しているのです。二階でしょうか？」

ニヤリとカエサルが笑う。

「生産系は裏のクラブハウスだ。丁度良い。手芸クラブは錬金術クラブの横だ」

裏のクラブハウスには料理クラブや手芸クラブ、錬金術クラブ、薬学クラブ、陶芸クラブ、木工クラブもあった。水や火を使うクラブは別にされていたのだ。手芸部も染色とかは水も火も使うから、こちらのクラブハウスだ。外からちらりと覗いてみたが、今日は活動日じゃないようだ。

「ありがとうございます」と案内のお礼は言っておく。

「ペイシェンスは音楽クラブではなかったのか？」

微妙な話題だよ。

「ええ、今は音楽クラブですわ。そろそろ行かないといけません」

行きたくないけど、サミュエルも来るしね。

「そんな顔をしてクラブに行く奴がいるか。嫌なら辞めてしまえ」

その通りだよ。

「ええ、辞めるつもりです」

口に出してスッキリしたよ。

「錬金術クラブはいつでも歓迎するぞ」

相変わらず勧誘するんだね。

「それは前にも言いましたが、才能があれば考えます。私は生活魔法しか使えませんから、錬金術はできないかもしれません」

カエサルは少し考えて口を開いた。

「ペイシェンスからは生活魔法とは思えないほどの強い魔力を感じる。私の勘が錬金術師に向いていると告げているのさ。錬金術の授業を取るなら、魔法陣もセットで取った方が良いぞ」

私の生活魔法は少し変だからね。そうか、錬金術を取るなら魔法陣も取った方が良いんだね。織物と染色がセットみたいだ。

「教えて下さり、ありがとうございます」

やれやれ、辞める為にも音楽クラブに行かなきゃね。

深呼吸して音楽クラブに入る。

「サミュエル、来ていたのね」

私の顔を見て、ホッとしたサミュエルにズキッと心が痛む。誘ったのに辞めちゃうんだよ。

「私が推薦するのはダニエル・キンバリーとバルディシュ・マクファーレンとクラウス・アーチャーだ」

アルバート部長が嬉しそうに三人を推薦する。そして、マーガレット王女がサミュエルを推薦した。

キャサリンとリリーナとハリエットがいないんだけど、まさかマーガレット王女がアルバート部長に除名させたの？　そのくらいなら私が辞めるよ。

「あのう、キャサリン様たちは？」

こっそりとマーガレット王女に尋ねる。

「私の学友から外すと伝えたら、怒って音楽クラブも辞めたのよ。社交界デビューするから、本当は音楽クラブで時間を取られるのが嫌だったとか文句を言っていたわ」

「彼女らは本当の音楽への愛がなかったのだ。マーガレット様へのご機嫌取りと、自分が王女様のご学友だと威張りたかっただけさ。あんな奴ら、こちらも御免だ」

三通の退部届をアルバート部長は破り捨てた。そっか、マーガレット王女に学友を外されたら、音楽クラブも辞めたんだ。

「だから、ペイシェンスは辞めないでよ。三人も辞めたのだから」

うっ、手芸クラブへの道が遠のいたよ。手に職をつけたいんだよね。貴族の令嬢には必要ないかもしれないけど、刺繍とか内職できそうだし、織物も性に合うというか好きなんだもの。

そんなことを考えているうちに、新メンバーたちに何か弾いてもらうことになっていた。

「そうだな。ペイシェンスが褒めていたサミュエルから弾いてもらおう」

あっ、一番初めだなんて緊張しないかな？　親戚のお姉ちゃん、心配だよ。

「では、ペイシェンスの作った曲を弾きます」

うん、ちゃんと練習してきたね。上手く弾けている。パチパチ。

「おっ、その曲は新曲だな！　サミュエル、お前も新曲をいっぱい作ってくれよ」

ダニエルはリュートを弾いた。凄く上手い。

「ペイシェンスもリュートの練習をしなくてはね」

そうだよね、このところサボっている。

バルディシュとクラウスはハノンを凄く上手に弾いた。まぁ、アルバート部長が推薦するぐらいだから上手なのは当たり前だね。

呑気に聞いていたが、このままでは終わらない。

「ペイシェンス、後輩に音楽クラブの真髄を教えてやれ」

アルバート部長、ハードルを上げないで下さい。

「そうよ、冬休み中に新曲を作ったのでしょう。聞かせてほしいわ」

うっ、マーガレット王女もハードルを上げるんだね。サミュエルの期待に輝く目を裏切れない。ここは頑張ろう。

「まだ練り上げていませんが、新曲を弾きますわ。卒業されたリチャード王子の為に作った曲です。『別れの曲』です」

この曲、練習曲だなんて詐欺だよね。曲の初めはゆっくりなテンポだし簡単に思って手を出して、途中からの和音の連続に苦労したんだよ。ショパンはピアノの天才だね。

わっ、やりすぎちゃった？　マーガレット王女がハンカチで涙を拭いている。それにサミュエル、泣くのを我慢して上を向いているよ。可愛いな。

「ペイシェンス、やはり結婚しよう。お前は楽士では勿体ない。一緒に音楽サロンを開いて、ローレンス王国の音楽を発展させるのだ」

アルバート部長に二度目のプロポーズをされたよ。マーガレット王女、止めて下さい。手にキスされているんだよぉ。

「音楽サロン、それも良いかもしれないわね。でも、今は私の側仕えだから、アルバート手を放しなさい」

アルバート部長はやっと手を放してくれた。やれやれ。

あっ、前からのメンバーはアルバート部長のご乱行に慣れているけど、新メンバーは呆《あき》れているよ。

「ペイシェンスがプロポーズされた……」

唖然《あぜん》としているサミュエルに口止めしなきゃ。

「サミュエル、アルバート部長は冗談を言われただけよ。真に受けてはいけませんよ。伯母様に言ったら、真剣に取られてしまうわ」

サミュエルは呆然《ぼうぜん》としたまま頷く。

「音楽クラブのノリにはついていけないかもしれない」

側にいたダニエルも顔が引き攣《つ》っている。

「アルバート様が変わっているとは父から聞いていましたが……」

バルデッシュとクラウスは顔色が悪い。

「新メンバーの皆様、他のメンバーは真っ当ですから安心して下さいね」

マーガレット王女、それフォローになってないよ。でも、他のメンバーの見事な演奏を聞くにつれて、安心したようだ。

「ペイシェンス、マーガレット王女様に推薦していただいたお礼を言いたい」

サミュエルをマーガレット王女に紹介する。サミュエルもマナーは完璧だ。

「ペイシェンスの従兄弟ですもの、期待していますよ」

あっ、サミュエルの顔、真っ赤だよ。マーガレット王女は綺麗だものね。

その後は和気藹々な話し合いになる。猫脚の椅子やソファーに座って、優雅に談笑する。

「アルバート部長は文官コースですか？」

騎士コースはあり得ないし、魔法使いコースでもない気がする。

「ああ、芸術家コースも作るべきだと思うが、仕方ないから文官コースを選択している。

おや、ペイシェンスは家政コースではないのか？」

「ええ、家政コースと文官コースを取っているのですが、必須科目の法律と行政の授業があまりにも退屈で」

「ハハハ、パターソン先生の授業を取ったのだな。あれは単に教科書を読んでいるだけだ。まぁ、丸暗記して修了証書を取れば良いだけだが、お前はそれでは嫌なのだな。ちょっと待て、ルパート、お前は他の先生に変えたのだよな」

収穫祭の打楽器担当だったルパートを手招きする。

「ああ、アルバート部長はあんな退屈な授業をよく我慢して修了証書を取ったな。私は、性格的に無駄は嫌いなので、サリバン先生に変えたのだ。ペイシェンスも変えた方が良いぞ。教科書に載っていない法律が何故できたのかとか、問題点とか議論するのだ」

それは為になるし、面白そうだ。

「ルパート様、ありがとうございます」

ルパートは本当に親切だ。

「文官コースを選択する女学生は少ない。頑張りなさい」とサラサラとメモを書いて渡してくれた。

「私は単位の為に授業を取るのは嫌いなのだ。役に立つ授業をする先生を書いておいたから、参考にしてくれ」

「わっ、嬉しいです」

私が喜んでいたら、アルバート部長がメモを取り上げて読む。

「おい、こんなに単位取得が難しい先生ばかり勧めるなよ。ペイシェンスにはさっさと修了証書を取って新曲作りに集中してほしいのだ」

そこから、王立学園の主旨に関する激論になったので、マーガレット王女や私や新メンバーたちは帰ることにした。

「サミュエル、音楽クラブでやっていけそう？」

サミュエルは少し考えて頷く。

「ええ、それに友だちも一緒だから。ダニエルたちは乗馬クラブにも入ると言うから、私もかけ持ちするつもりです」

サミュエルは待っている三人に向かって元気よく駆け出した。お姉ちゃん、安心したよ。

王立学園を楽しんでいるようだね。

寮に帰ってマーガレット王女と話し合う。

「キャサリン様たちは音楽クラブを本当に辞めて良かったのでしょうか？　マーガレット様、圧力をかけたりされなかったですか？」

失礼かもしれないが、キチンと聞いておかないと音楽クラブを続ける気になれない。

「まぁ、人聞きの悪いことを言わないで。私は学友から外れてもらうと言っただけよ。それでキャサリンたちは怒って『なら、音楽クラブも辞めますけど良いのですか？』と私を脅したの」

音楽ラブのマーガレット王女の弱みを突いたんだね。でも、音楽愛の深さを読み間違えたみたいだ。

「そんな打算的な気持ちで音楽クラブを続けてほしくないと言ったら、社交界の方が大切だとか色々と今までの文句もいっぱい言っていたわ。本当に私って人を見る目がないのだとガッカリしたのよ」

そこから二人で時間割を作り直す。私はルパート先輩からもらったメモを参考にした。もう月曜と火曜は授業が終わっているから、ルパート先輩を信じて履修届を出すしかない。私はこんな感じにしていたけど、マナーⅡにしなくてはいけないんだね。

月曜　外交学　世界史　マナー　？

火曜　地理　外国語　裁縫　織物
水曜　経営学　魔法陣　美容　錬金術
木曜　行政　料理　習字　染色
金曜　法律　経済学　刺繍　？

マーガレット王女は染色と織物は無理だし嫌だと言われるので、習字と刺繍を増やしたけど、馬鹿らしい育児学ともう一つ選択科目を選ばないといけない。

月曜　国語　育児学　マナー　？
火曜　家政数学　外国語　裁縫　美術
水曜　古典　？　美容　？
木曜　魔法学　料理　習字　魔法実技
金曜　歴史　？　刺繍　？

「家政数学は二コマ要るわ。簡単だと言われていたけど、かなり履修内容の変更があったみたいなの。年間の予算配分とか先輩たちは作ったことがないと騒いでいるそうよ」

家政コースのあまりに内容のスカスカ加減にも変化が訪れたみたいだ。良かったよ。父親が職を懸けて護ったのが、あんな内容では情けないもん。

「それと裁縫も二コマ要りそうだわ。私はサボったけど、他の人が美術の時間に騒いでいたもの。縫ったドレスで青葉祭のダンスパーティに出なくてはいけないんですって。そんなの聞いてないわ！」

　去年の青葉祭のダンスパーティは全員制服だった。中等科の学生も制服だったよね。それに中等科一年の課題は確かワンピースだった。ドレスは二年、ロングドレスが三年の課題だったはずだ。

「それは皆様大変ですね」

「もうペイシェンスったら余裕なのね。裁縫が得意なのは知っているけど、ドレスなのよ。それも自分で着なくてはいけないのよ」

ダンスをしていて、縫い目が解けたら大惨事だね。

「裁縫と家政数学は二コマですか……で、あとの選択科目は栄養学か家庭医学ですね」

時間割と睨めっこしながら決める。どっちもどっちに思える科目だからだ。

「水曜の栄養学にするわ。金曜の家政数学を取らなくてはいけないもの。水曜の四時間目に裁縫の二コマ目を入れるわ。三コマ必要になるかもしれないわ」

やっと時間割が決まったので紅茶を淹れて飲む。

「ペイシェンスは本当に錬金術や魔法陣の授業を取るのね。魔法使いコースは変人が多いの。天才もいるそうだけど、王宮魔術師とかになる人はごく一部だそうよ。変な学生に引っかかっては駄目よ」

その変な学生とはカエサルのことだろうか？　あっ、音楽クラブを辞めると言ったけど、辞めてないんだ。嘘《うそ》ついたみたいで、心がザワザワするよ。

「それにしても『別れの曲』は素敵だったわ。譜面は書いているの？」

新譜の要求をされた。それは良いけど、側仕えを辞めないでと言った時、なるべく自分で起きると言ったのを忘れてないでしょうね。

「明日からご自分で起きられるよう頑張って下さいね」

マーガレット王女は『えっ！』って顔をした。

『カラ～ン、カラ～ン』

「ペイシェンス、夕食よ。まぁ、努力するわ」

あっ、誤魔化したな。でも、努力する気持ちは一歩前進だ。今はそれで良いとしよう。


水曜の朝、一応は起きようとされたみたいだ。ベッドの上でぼんやりしたマーガレット王女に生活魔法をかけて起こす。そして紅茶を飲んでもらう。

「夜、早く寝たのよ。でも、同じだわ」

髪を結い上げて、片側に巻き髪を下ろしながらマーガレット王女の努力を聞く。

「今朝はベッドの上で座っていらしたもの。少しずつですわ」

努力を褒めないと駄目だよね。段々この髪型にも慣れてパパっと出来上がる。

「ペイシェンスは美容も飛び級しそうね。同じ授業を受けられないのは寂しいわ」

そうだよね。学友を切ったんだもの。でも、取り巻きはいっぱいいる。中には少しはマシな学生もいると思いたいよ。

朝食を二人で食べていたら、キース王子が合流した。ああ、あの罵倒を聞かれたのは恥ずかしいよ。

「昨日は失礼いたしました。上着を貸して下さり、ありがとうございます」

お礼は言っておくよ。

「そんなのは良いのだ。それよりペイシェンスはもっと体力をつけた方が良いぞ」

私の失言レーダーは『亀よりものろい』と言いそうだと察知したけど、キース王子は口を閉じた。少しは成長したみたい。良かった。

「昼食は姉上と二人で食べようかと思っているのだが、ペイシェンスは別のテーブルにするか？」

姉弟《きょうだい》の食事に私を強制参加させるのは気の毒だと思ったんだね。それなら下の学食で食べられるかな？　ラッキー！

「まぁ、ペイシェンスは私の側仕えよ。一緒に食べるわ。それと貴方の学友も一緒に食べましょう。五人で食べたら良いのよ」

マーガレット王女はキース王子と二人きりの食事は拒否した。姉弟喧嘩しても仲裁役がいないものね。

「姉上の学友は？」

「彼女たちは学友から外れてもらったわ」

「それは良かったです」

あっさりとした会話だけど、王族に見放されるのって簡単なんだね。横で聞いていてゾクッとしたよ。

水曜は、経営学、魔法陣、美容、錬金術だ。経営学はルパート先輩のお勧めメモに書いてあった先生なので楽しみだ。それに魔法陣と錬金術はわくわくするよ。

「ペイシェンス、お昼は上級食堂《サロン》に来るのよ。下の学食で変な虫が付いたら嫌ですもの」

いくら下級貴族が多い学食でも虫なんていないよ。

「姉上に近づこうとする下級貴族に気をつけろと仰っているのだ」

あっ、そういう意味ね。まだ一一歳だから、私に変な虫が付くわけないもんね。

「本当にペイシェンスは、勉強はできるけど、世間知らずね。気をつけなさい」

マーガレット王女に注意されちゃったよ。異世界は一一歳でも適齢期なの？　ロリコン天国なのか！

第三章　気になる女……キース王子視点

私はキースだ。王立学園の初等科二年生になった。この一週間で多くの科目を飛び級するつもりだ。そしてダンスの修了証書をもらった。ラルフとヒューゴももらえたので、この時間は自由に使える。それに、中等科に飛び級したペイシェンスも未《いま》だダンスの修了証書はもらえてない。勝ったぞ！

「空いた時間は乗馬訓練や剣術訓練をしても良いな」

「そうですね。免除はありがたいです」

私たちは機嫌よく廊下を歩いていたのだ。それなのに彼奴《あいつ》がまた変な男に言い寄られていた。

「で、名字は？」などと尋ねられ、嬉しそうに彼奴は答えている。

「ペイシェンス・グレンジャーです。錬金術の授業を受けて、できるようなら履修届を出すつもりです。錬金術クラブはその後に考えます」

何者なのだ！　思い切り睨みつけてやった。その男は「わかった」と立ち去った。

なんだか腹が立って仕方ない。隙が多いから、変な男に言い寄られるのだ。

「お前はいつも変人に付き纏われているな！」

嫌味を言ってしまった。だが彼奴は相手にしない。

「キース王子、授業は？」

ふふん、ダンスの苦手なお前には無理だろう。

「ダンスは修了証書をもらったぞ！」

修了証書を見せつけてやる。だが、彼奴も何故か手に持っている。

「ペイシェンスももらったのか？　お前のダンスでは修了証書はもらえないだろう？」

ペイシェンスも一応は踊れるようになっている。でも、それはリーダーが上手な場合だ。不思議に思っていると、ラルフが教えてくれた。

「あのカエサル様は変人ですが、バーンズ公爵家の嫡男ですから、きっとダンスも習得されているのでは？」

ラルフは貴族に詳しい。いや、全てに詳しいのだ。

「えっ、あの変人が……王家の親戚は変人ばかりだ」

公爵家ということは、元は王族だ。ラフォーレ公爵もかなり変わっているし、あのカエサルも親戚になるのか。それにしてもバーンズ公爵家、あれが嫡男で大丈夫なのかと心配していたが、ヒューゴに驚かされた。

「バーンズ公爵といえば、バーンズ商会を経営されているのですよね。凄い遣手だと父が褒めていましたが……あの方が嫡男なのですか。付き合えるかな？」

バーンズ公爵は商会をしているのか。貴族が商売をするとは知らなかった。それにヒューゴが父親に近づくように言われるほど、豪勢なのだろう。胸がムカムカする。

「ヒューゴ様、錬金術クラブに入れば仲良くなれますよ」

あの女ときたら、とんでもないことを言い出した。

私たち三人は反射的に「嫌だ！」と叫んでいた。それが普通の反応だ。ヒューゴ、そんなことはしないと信じているぞ。

「やはりお前の周りには変人が集まる。変人に好かれる匂いでもしているのではないか？」

あっ、しまった。私は失言が多いのだ。いくら変人とはいえ、彼奴も令嬢の端くれだ。匂いとかはマナー違反だ。謝ろうとしたが、彼奴は「失礼いたします」とその場を後にした。慇懃《いんぎん》無礼な態度だ。

「キース王子、アレはまずいですよ」

ラルフに咎《とが》められた。

「わかっている。言いすぎた」

明日、昼食で会ったら謝ろうと思っていたのだが、寝ようとしても、彼奴がカエサルと仲良く踊っている姿が目に浮かんで眠れない。

「何故、彼奴のことが気になるのか？　容姿はルイーズに劣るし、家柄も、賜った魔法も大したことない。マーガレット姉上と一緒だから、接する機会が多いのが悪いのだ」

さっさと謝って、あんな変な女のことは忘れようと思うのに、夏の離宮で泳ぎを教えてやった時、意外と早く泳げるようになったことや、馬を大人しくさせられるのに怖がってポニーに乗りたがる情けない姿が思い出される。


彼奴のせいで寝不足だ。その上、古典のテストは散々だった。古典が合格なら学年を飛び級して三年になれるのに！　全て彼奴のせいだ。

いや、古典のテストで失敗したのは私のせいだ。それにラルフは本当なら古典を飛び級できるはずだ。それなのに私に付き合っている。これは間違いだと思う。思うのだが、学年が違うのは嫌だ。でも、一度話し合った方が良い。


「ペイシェンスに謝ろう」

そう思って上級食堂《サロン》に向かった。姉上とその学友はペイシェンスを私のテーブルに追いやっている。そんなことをするぐらいなら、別の席の方が気楽なのではないだろうか？

私は自分の学友の問題と姉上の学友の問題で苛《いら》つく。姉上の学友は美人揃いだし、名門の貴族の令嬢だ。でも、あまり好きにはなれない。きっと、リチャード兄上もあの中からは妃は選ばれないだろう。私も御免だ。

あっ、ルイーズも駄目だな。美人で伯爵家の令嬢だし、光の魔法を賜っている。私も最初はひかれた。その上勉強もできるが、時々、意地悪な視線を自分より下の貴族に向ける。気づかれてないと思っているだろうが、ラルフだけでなく、ヒューゴですら知っている。

でも、姉上の学友よりはマシだな。彼女らのペイシェンスへの態度でも底意地の悪さがハッキリとわかる。何故、あんな連中と姉上が一緒にいるのか不思議だ。寮に入りもしない、青葉祭でも自分勝手に振る舞っていた。そんな奴らに邪険にされている彼奴に腹が立つ。お前は母上から姉上の側仕えに選ばれたのだぞ。あんな毒虫は追い払うべきなのだ。

自分の学友への問題を姉上の学友の問題にすり変えても意味もない。それなのに、澄まして食べているペイシェンスの気を引きたい衝動が抑えられない。

昨日の私の失言を怒って、無視しているのだ。腹が立つ。だが、まずは謝ろう。

「ペイシェンスはカエサルの錬金術クラブに入るのか？」

謝ろうとしたのに、わざわざ不愉快なカエサルを持ち出してしまった。失敗だ！

「まだ決めていません。錬金術の授業を取ってから考えます」

素っ気ない返事に、頭に血が上る。

「錬金術の授業を受けるのは本気だったのか？」

変な女の気紛れだと思っていた。

「ええ、受けて錬金術ができるかどうか試したいと思っています」

そんなにしてまで錬金術クラブに入りたいのか？　そうだ、彼奴が自分で言っていた。カエサルと仲良くなりたいなら錬金術クラブに入れば良いと。

「もしかしてカエサル目当てなのか？　バーンズ公爵家は裕福だそうだ」

彼奴に馬鹿かと睨みつけられた。謝ろうとしたのに、どこを間違ったのだろう。

「マーガレット様、気分が優れませんので失礼いたします」

彼奴は慇懃無礼に立ち去った。

「キース、何を言ってペイシェンスを怒らせたの！」

マーガレット姉上が怒っている。

「ペイシェンスがバーンズ公爵家の嫡男を狙っているだなんて知りませんでしたわ」

「あの方は変わっていらっしゃるから、子爵家でも狙えると考えたのでは？」

「そういえば、アルバート様もラフォーレ公爵の息子ですわね。大物狙いなのね。身の程知らずだわ」

「コソコソと悪口を言っている学友を放置している姉上に叱られる覚えはありません。ペイシェンスに直接謝ります」

私はペイシェンスを追いかけた。この寒い日に庭に向かっている。走るのが遅いから、すぐに追いついた。

「もう無理だ！　マーガレット王女の側仕えは嫌だ。朝起こすのとか、音楽フェチなことぐらいは良いよ。でも、あの取り巻き連中は大嫌い。それに意味がない授業を受けるのも嫌だ」

寒い庭で叫んでいる。出ていけないではないか。側仕えを辞めるのは駄目だ。姉上を起こせるのはペイシェンスだけだ。

「青葉祭でも騎士クラブの男子目当てでマーガレット王女を放ったらかしにしたし、友だちぶっているくせに寮に入りもしない。それに難しい外国語は一緒に勉強しようともしない。きっと、マーガレット王女の学友になったのも、良いところに嫁に行く為に有利だとしか考えていないんだ。大嫌い！」

叫ぶだけ叫んだら、スッとしたようだ。あの連中は私も嫌いだから、聞いていてスッとした。木の陰から出て謝ろう。

「音楽クラブも辞めよう」

彼奴ときたら、とんでもないことを言い出して、顔をバンと叩いて気合を入れている。女がそんなことをするか？　音楽クラブを辞めては駄目だろう。ペイシェンスはあの変人アルバートに才能を認められているのだ。勿体ないじゃないか。

「あっ、お腹空いたな……下の食堂で食べたらいけないかな？」

お腹がグウグウ鳴っている令嬢など見たことがない。タイミング悪く私のお腹もグウウと鳴った。格好悪いな。

「誰？　そこにいるのは」

見つかったみたいだ。

「さっきは済まなかった。そして昨日の失言も許してくれ。私は自分の不甲斐なさを姉上の学友に良いようにされているお前にぶつけてしまったのだ。お前は母上に選ばれた側仕えだ。あんな毒虫連中は追い払え。文句があるなら母上に言わせれば良いのだ」

一気に言ったが、お腹がグウウと鳴る。

「お腹空きましたね。そっちで見ているラルフ様やヒューゴ様もお腹が空いているでしょう。上級食堂《サロン》にお帰りなさい。キース王子、立ち聞きはマナー違反ですわよ」

こんな寒い所に女一人で置いていけない。なのに、彼奴はのろのろ歩く。亀の方が速いぞ。

「さっさと歩け」とエスコートしようとするが断られた。嫌われているのだろうか？

「先に行って下さい」

いや、ペイシェンスは自分が歩くのが遅いから、私に気を使っているのだ。

「これを着ろ！」

そんなに遅くしか歩けないなら、身体が冷え切ってしまうだろう。私は上着を脱いで彼奴にかけてやる。

「えっ、駄目です」と返そうとするが、彼奴はとろい。私は走って上級食堂《サロン》へ帰った。

「キース王子、お寒いでしょう」

ラルフが上着を譲ろうとする。

「男に上着をかけるな。それに、これからは本気でテストを受けるのだ。私は自分の友達が優秀なのを妬んだりはしない」

ラルフは微笑んで「食事にしましょう」と給仕を呼ぶ。この昼食の間に、ラルフとヒューゴと話し合って、前より学友として良い関係になれた。

それにしても、ペイシェンスはやはり変な女だ。でも、意地悪ではない。気になって仕方がない女だ。

第四章　面白い授業と家政コース

ルパート先輩に勧められたカインズ先生の経営学は面白い授業だった。

「経営学といっても教科書を読むだけなら、自習で十分だろう。春学期は自分で何か事業を立ち上げてもらう。そして、黒字経営を目指すのだ。最初の資金は一〇ロームだ」

ピンと一〇ローム金貨を指で弾《はじ》いて片手でキャッチする。学生たちがざわめいているのを、カインズ先生は面白そうに眺めている。

「おっ、先輩からの情報と違うと驚いているのか？　テストは教科書に沿って行うから安心しろ。他のクラスと合わせなくてはいけないからな」

おっ、男子学生が手を挙げた。あれはＡクラスで見かけた顔だけど、名前は知らないよ。

「なんだ、フィリップス君」

「先生、私たちは事業の計画表や黒字経営を目指さなくてはいけないのに、他のクラスと同じテストなのですか？　不利ではないですか」

確かにそうだよね。教室には賛同するざわめきが広がった。

「ははは、なら別の授業を受けても良いのだぞ。でも、今年の経営学はどのクラスも実践を取り入れている。それに勿論、テストに加点するに決まっている。テストで半分、実践半分で成績が決まる」

フィリップスも納得したみたい。それに他のクラスも同じなら仕方ないって雰囲気になった。

裁縫とか家政数学とか経営学も少しずつ変化している。パターソン先生の法律と行政も変化したら良いんだけど、私は他のサリバン先生に変わるよ。

魔法使いコースのエリアは雰囲気が怪しい。なんだろ。騎士コースはきびきびした男子学生ばかりだし、家政コースは女学生で華やいでいる。文官コースは学者タイプが多いから落ち着いた雰囲気だ。

魔法使いコースの学生も同じ制服を着ているが、上に黒のローブを羽織り、怪しげな大きいペンダントをぶら下げている。えっ、それは骨ですか？　すれ違った学生のジャラジャラ音がするネックレス、骨がいっぱいついているよ。まぁ、前世でも鮫《さめ》の牙とか下げているサーファーもいたよね。うさぎの脚とかもあったな。

文官コースと違い魔法使いコースは女学生もチラホラ見えるが、魔女っぽいんだよ。わざとメイクしているの？　髪の毛もボサボサだ。身嗜《みだしな》みができてない女学生なんて、異世界に来てから初めて見たよ。

なるほど、マーガレット王女やキース王子が、私が錬金術を取ると言った時に反対したのがわかったよ。確かに変人が多そう。

「ここが魔法陣のクラスね」

教室は普通に思えたけど、一歩入って外に出たくなった。皆の視線が突き刺さるのは文官コースで慣れているけどさ、なんかそれに魔力が乗っていて圧を感じたんだ。

ふん、そんな圧、リチャード王子の威圧の一〇分の一にもならないし、ビクトリア王妃様の視線の一〇〇分の一にもならないよ。

窓際の後ろの席が空いていた。ラッキー、その席好きなんだよ。私がその席に座ったらざわついた。

『何?』座っちゃ駄目なの？

「お前、良い度胸だな。ペイシェンス・グレンジャー。中等科に飛び級した秀才が魔法陣の授業になんの用だ？」

Aクラスで見たことのある男子だ。名前は知らない。こういうのも飛び級の弊害だね。

「錬金術を取るなら、魔法陣も取った方が良いと勧められたのです」

なんだか頓珍漢な答えだったようだ。爆笑されたよ。まるでライオンの鬣《たてがみ》みたいな金髪が揺らめいている。

「そんなことを言ったのはカエサル様だな。そうか、青葉祭に来たという女学生はお前だな。あっ、私の名前はベンジャミン・プリースト。A組で一緒だけど、同じ授業は

取ってないな」

そう言うと隣の席に座った。

「もしかして、ここがベンジャミン様の定位置なのですか？　それなら替わりますよ」

中等科は色々な教室を移動するけど、同じ教室を使う場合もある。魔法使いコースなら定位置を決めているのかもしれない。

「いや、良いさ。窓際の後ろの席が好きなだけだ。ペイシェンスも好きだから座ったのだろう。早い者勝ちさ」

まぁ、次の授業では違う席に座ろう。

「おお、今年は多いな。魔法陣の重要さがやっとわかったのか。それとも同じ時間に面白い授業がなかったのか。どちらにせよ大歓迎だ。私はロビン・キューブリック。錬金術も教えているからよろしくな」

こんなに若い先生は初めてだった。大学出たてに見えるよ。

「春学期の授業では魔法陣の基礎を学習するぞ。つまり、火を点《つ》ける。水を出す。風を送る。土を動かす。そんな基礎の魔法陣と、その応用だな。簡単だからすぐに自分で描けるようになるさ」

聞いていると簡単そうだった。でも、配られた教科書を開くと、教室がざわめいた。

「先生、これを描くのですか？」

男子学生が手を挙げて質問する。

「おっ、ブライス君。当たり前だよ。ここに載っているのは初級だから、簡単だろ？」

あっ、この先生は自分が簡単だから、難しいのがわからないタイプだ。難航しそうな予感がするよ。

「ほら、この紙に最初の魔法陣を描き写せ。上手く描けたら、火が点くはずだ。試すのは教室の後ろでしろよ」

教室の後ろで火が点いて良いのかしら？　まっ、キューブリック先生がなんとかするのでしょう。

教科書を見ながら、魔法陣を描く。結構、複雑だよ。これで基礎なら魔法陣は凄く難しそう。

私は注意深く教科書の魔法陣を見ながら、繋《つな》がった線の角度や模様を慎重に写していく。

「先生、できました！」

おっ、隣のベンジャミンが手を挙げた。慣れているのかな？　カエサル様を知っていたから錬金術クラブなのかもしれない。

「おっ、ベンジャミン。一番乗りだな。後ろに来い」

私は写す手を止めて、魔法陣を使うのを見る。

「ほら、この魔法陣に魔力を流してみろ」

ベンジャミンが真剣な顔で紙に魔力を込めている。

「あっ！」

小さな火が一瞬点いたが、すぐに消えた。

「雑だな。ほら、ここの線の交わる角度が違う。だから、火がすぐに消えるのだ。もう一度、ちゃんと見て描き直せ」

しょんぼりしたベンジャミンはなかなか可愛いよ。大きな男の子ががっかりしている姿は萌えるね。まぁ、私の好みからしたら、少し大きくなりすぎているけど。

それから、あの手を挙げたブライスも描けたみたいだけど、火も点かなかった。

「ああ、ほらこの線は間違いだ。これでは魔法陣と呼べないな」

ガッカリしているブライスはかなり好みだ。まだ成長し切ってない青い感じが良いね。

なんてショタ鑑賞していたけど、やっと描き上がったよ。時間がかなりかかったね。

「キューブリック先生、できました」

先生ときたら、後ろで本を読んでいるよ。描けない学生にどこが間違っているか指摘して回らないんだね。

「おっ、初めて見る顔だな」

「はい、ペイシェンス・グレンジャーです」

「どこかで聞いた名前だな。あっ、職員室で噂《うわさ》のペイシェンスか。どれ、魔力を注いでみろ」

どんな噂が職員室で流れているか気になるけど、中等科に飛び級したから目をつけられているのかな？　それより集中しなきゃ。

「あっ、火が点きました」

「おっ、ちゃんと描けているな。ペイシェンス、次の水を出す魔法陣を描きなさい。皆、早く描くより正確に描くことだ」

席に戻ると、横のベンジャミンから声をかけられた。

「良かったな。やはりカエサル様が見込まれるはずだ。錬金術クラブに入らないか？」

錬金術クラブって勧誘激しいね。

「錬金術の授業を取ってから考えます」

後ろで聞いていたのか、キューブリック先生が口を出す。

「おっ、錬金術も取るのか！　ペイシェンスなら錬金術もできそうだ。何故、魔法使いコースを選択しないのだ？」

そんなことを聞かれても答えにくいよ。

「私は家政コースと文官コースを取っていますから、魔法陣と錬金術の授業だけで精いっぱいです。それに生活魔法だけですから、魔法使いコースは向いてないのです」

私を真剣に見つめてキューブリック先生は残念がる。

「それは間違いだ。生活魔法を下に見る風潮に流されてはいけない。ジェファーソン先生も言われているが、生活魔法を極めればなんでもできるのだ。なぁ、家政コースや文官コースなど辞めて、魔法使いコースにしないか。きっと楽しいぞ」

確かに家政コースは退屈な授業もある。でも、手作業って好きなんだよ。それに文官コースも将来役に立ちそう。

「いえ、もう手いっぱいですから」

丁重にお断りしておくよ。

昼食は上級食堂《サロン》でマーガレット王女、キース王子、ラルフ、ヒューゴと食べた。八人用のテーブルなので、マーガレット王女と私、そしてキース王子と学友に分かれて食べられる為、お互いにストレスを感じなくて済んだ。

「お昼からの美容は一緒ね。でも、今年は履修内容が変わっている授業が多いから、少し心配だわ。栄養学も実践を入れると仰ったのよ。何をするのか不安だわ」

家政数学も難しくなったみたいだし、裁縫も中等科一年はワンピースだったのにドレスになった。その上、それを着て青葉祭に出なくてはいけないのは厳しい。

「栄養学の実践？　何かメニューでも作るのでしょうか？　経営学も内容に実践を取り入れていました。一〇ロームで事業を立ち上げて黒字経営しなくてはいけないそうです。

一〇ロームの価値がよくわからないから困っていますの」

内職はしているけど、めちゃくちゃ安すぎて一〇ロームの価値がわからないのだ。苺《いちご》の値段を商店で調べた程度しか異世界のお金の価値を知らない。賃金っていくらなのだろう。シャーロット女官は公務員だと父親は言ったけど俸給はいくらぐらいなのかな？　やはり街に出てみたい。なんとかメアリーを説得しなきゃ。

私たちが履修内容の変化について話していると、隣からキース王子が加わる。

「おや、家政コースや文官コースも履修内容に実践が増えたのですね。騎士コースもかなり変わったとクラブの先輩が話していた」

「まぁ、そうなのね。育児学も少し変わってくれたら良いのに、あれは退屈だし、馬鹿馬鹿しいわ」

そんな呑気な話をしていたが、美容の授業。大変でした。

「私はマリア・デスパル。美容は実践が大切です。さぁ、この子たちを綺麗にして下さい」

教室には椅子に子どもが何人も座っていた。どこから連れてきたのかわからず、皆、ざわつく。

「デスパル先生、この子たちは誰ですか？」

キャサリンは眉を顰《ひそ》めている。どう見ても貴族の子ではなさそうだ。

「王都ロマノには何軒もの孤児院があります。この子たちは日頃、美容には縁遠い生活をしていますが、一〇歳になると社会に出ていかなくてはいけません。なるべく綺麗にした方が良い就職口に恵まれるのよ。さぁ、頑張って綺麗にしてね」

そこからは競争だ。なるべく綺麗な子を取り合う。マーガレット王女も可愛い子をゲットしていた。残った子は二人。二人とも髪の毛ももつれて薄汚れていた。

異世界って過酷な世界だね。子どもを授業に使って良いのか？　なんて考えている間に出遅れたのだ。

「二人ともこちらにいらっしゃい。私はペイシェンス。貴女たちの名前は？」

おどおどと「キャリー」「ミミ」と答える。うん、キャリーもミミも素材は悪くない。

「身綺麗にしていた方が就職には有利よ。大丈夫、私が綺麗にしてあげるわ。それと髪の毛の整え方も教えるからね」

教室にはブラシやリボンなども揃っている。これなら楽勝だよ。

まずはキャリーとミミに生活魔法をかける。

「綺麗になれ！」

生活魔法、マジ便利。

着ている服まで綺麗になったよ。顔も髪の毛もピカピカ。

「では、まずはキャリー。この椅子に座ってね。どんな髪型にしたい？」

もじもじしながら「メイドになりたいから髪をまとめたい」と答える。

「そっか、じゃあやってみせるから、自分でもできるようにならないとね」

一番簡単なお団子を作ってみせる。ピン一本で留めるやり方だ。

「ほら、簡単でしょ。ミミの髪の毛を整える間、自分でやってみてね」

ミミもメイドになりたいと言うので、同じ髪型だ。二人に練習させると、すぐにできるようになった。

「じゃあ、応用篇《へん》に挑戦する？」

二人が元気よく頷く。リボンもいっぱい用意してあるもの。目がいくよね。

「好きなリボンを選んで良いわよ」

キャリーは茶色の髪に似合う赤色のリボンを選ぶ。ミミは赤毛なので赤色やピンクは選べない。

「キャリーのリボン、私には似合わない？」

髪に当ててみるが、目立たない。

「そうね、グリーンのリボンはどう？」

ミミの赤毛にグリーンのリボンはよく似合った。

「自分でできる髪型なら、二つに分けて編み込みを二本作るでしょ。そしてそれを後ろでまとめて、リボンでくくるの」

キャリーの髪の毛を編み込んでまとめるのをミミは真剣に見ていた。

「ミミ、自分で編み込んでみる?」

やらせてみないと、自分でできない。

「はい」と元気よく返事をする。キャリーも解いて自分で編み込んでまとめる。

「二人ともよくできたわ」と褒めていたら、デスパル先生が後ろから「ペイシェンス、貴女には修了証書をあげましょう」と声をかけてくれた。

「先生、この授業、子どもたちはどうなのでしょう」

修了証書は嬉しいけど、中には悲惨な髪型になっている子もいる。令嬢たちはメイドに髪型を整えてもらっているから、自分では何もできないんだもの。

「そうね。私もここまで酷いとは思ってなかったの。ペイシェンス、貴女ならどうにかできるでしょ。ジェファーソン先生から聞いているわ。このまま帰したら、孤児院から苦情が来るレベルよ」

そうじゃなくて、子どもの人権はどうなるのか聞きたかったのだけど、異世界では考慮されないんだね。

「わかりました。残りの子をここに集めて下さい」

一四人の子どもに「綺麗になれ!」と生活魔法をかける。変な髪型にされて、ぐちゃぐちゃになっていた髪もツヤツヤになった。ついでに古びていた服も新品同様になった。

「はい、見ていてね」

全員に簡単なお団子の仕方を教える。

「上手にできたわね。キャリー、ミミ、今度は手伝ってね」

私は一番小さな女の子の髪の毛を編み込んでまとめて見本を見せる。

「皆、やってみて。わからない子は手を挙げてね。キャリーとミミも教えてあげてね」

全員が自分でお団子と編み込みのまとめ髪ができるようになった。やれやれ疲れたよ。

こんな迷惑な授業の材料にされたけど、子どもたちは綺麗になったと嬉しそうだ。それだけが救いだよ。それにお土産に櫛《くし》とリボンももらったと喜んでいる。異世界は身分制度もあって、生きるのが辛《つら》い世界だ。そんなことを考えているのに、頂点に近いマーガレット王女から愚痴られた。

「ペイシェンスはやはり修了証書なのね」

そんな愚痴より、デスパル先生に意見がある。

「先生、このやり方で良いのでしょうか？」

デスパル先生もここまでできないとは思っていなかったと愚痴る。

「私は良いアイデアだと思ったの。美容の授業にボランティアを取り入れるつもりだったけど、これだと被害を与えてしまうわ。次の授業からは、お互いの髪で練習しましょう」

教室に悲鳴が上がる。クラスメイトに髪の毛をぐちゃぐちゃにされるのは御免なのだ。

身勝手だよね。でも、変な髪型で学園内を歩くのが嫌なのもわかるよ。

「ねぇ、ペイシェンス。その修了証書、デスパル先生に返上しなさい。そして、私と組みましょう」

マーガレット王女の無茶振りは、笑顔のデスパル先生に拒否された。

「マーガレット王女の髪は、ペイシェンスが整えているのね。素晴らしい腕前だわ。皆様、この程度できないと留年ですからね」

クラスに悲鳴が響いた。

「他の科目に移るべきなのでは？」

真剣に話し合っている。

なんだか、変化が津波のように来ている感じだ。でも、法律と行政は不変だね。あと、育児学も。


美容の授業でドッと疲れた。魔法もいっぱい使ったし、この世界の子どもの扱いの軽さに精神的なショックも受けたからだ。

「私は裁縫の授業だけど、ペイシェンスは錬金術なのね」

マーガレット王女も慣れない髪のセットでお疲れのようだ。

「ええ、なんだか変化に先生たちも準備不足のようですわね。美容の授業、辞めますか？」

家庭医学は退屈かもしれないけど、みっともない姿になるのは避けられる。

「いえ、家庭医学で履修内容に変更があったら怖いわ。お互いに診断し合うとか絶対に嫌ですからね。それに比べたら髪がぐちゃぐちゃになる方がマシだわ」

確かにそれは避けたい。育児学で変化がなかったのは良かったのかもしれない。令嬢たちが赤ちゃんの世話をするなんて危険すぎるもの。そこは学園もゆっくり考えているのかも。子守の助手とかから始めないと赤ちゃんが死んじゃうよ。なんて考えながら、またもや不気味な雰囲気の漂う魔法使いコースのエリアに来た。ここにも変化の波は来ているのかな？　怖すぎて想像したくないな。

「おっ、ペイシェンス！」

ベンジャミンが手招きしている。自分は窓際の一番後ろの席を確保している。やっぱり指定席みたいだね。その横に座ると、魔法陣で一緒だったブライスが前に座った。

「ペイシェンスだったっけ？　ベンジャミンから聞いたけど、カエサル様に錬金術クラブに誘われているんだってね。一緒に入らないか？」

あれ？　ブライスは入ってないの？

「錬金術クラブは中等科の学生ばかりで、人数が少ないのだ。教えてやると言っても、なかなか入ってくれない。ブライスも入れと何回も言ったのに、錬金術ができなかったらとか言って入ってくれなかったのだ」

「だってできなかったら入る意味がないだろ。それに魔法クラブに入っているから」

あっ、ベンジャミンの髪の毛が逆立つ。獅子丸《ししまる》と呼ぼう。

「魔法クラブなんか、存在意義がないクラブじゃないか！」

そんな大声で他のクラブの悪口を言って良いのかな？

「おい、聞き捨てにはできないぞ。変人ばかりの錬金術クラブなんか廃部の危機のくせして、偉そうなことを言うな！」

ほら、やっぱり。席を変わろうかな？

「魔法クラブなんか、騎士クラブの下請けじゃないか。メインの活動は冬の討伐の付き添いだろ。それに近頃は騎士クラブの練習に付き合わされていると聞いているぞ」

火に油を注いでいるよ。

「ブライス、錬金術クラブになんか入らないよな」

「いや、魔法クラブの近頃の活動が私は理解できないから……」

「そんなこと言うなよ。お前にまで辞められたら困る」

ブライス、モテモテだね。熱心に引き止められているよ。私は退散しよう。こそっと席を立とうとしたが、ベンジャミンに捕まった。

「今年は女学生も入部するし、ブライスも入ったら廃部は免れるさ」

えっ、廃部寸前なんですか？　それに私は入部するなんて言っていませんよ。

「おい、うるさいぞ！　アンドリュー、席に着け！」

あの魔法クラブの人はアンドリューなんだね。あの人もAクラスで見たことあるよ。つまりAクラスの魔法使いコースはベンジャミン、ブライス、アンドリューの三人なのかな？　少ないね。あとは騎士コースと文官コースか。そんなものかもしれないな。

「錬金術を教えるロビン・キューブリックだ。錬金術は魔法の最高傑作だと思うぞ。何故なら、魔法は魔法使いにしか使えないが、錬金術で作った魔道具は魔石さえあれば、魔力のない人でも使えるからだ。君たちは貴族で魔法を賜っているが、それがローレンス王国のごく一部だとわかっているか？　さぁ、錬金術を学ぼう」

キューブリック先生の熱気溢《あふ》れる授業だ。でも、錬金術は魔法陣がないと話にならないみたい。そこはカエサルに感謝しよう。

「春学期は一番よく使われている灯の魔道具を作るぞ。これが作れたら、食べるのには困らないから頑張れ」

食べるのに困らないのは嬉しい！　頑張るよ。

「教科書を開け、まずは理論を教えるぞ。その後で実践だ」

それからはキューブリック先生の熱い授業が続いた。

「これで灯の魔道具の作り方はわかっただろう。さぁ、作ってみよう。前に材料を取りに来い」

できるか不安だけど、材料を持って席に着く。

「ペイシェンス、わからなかったら私に聞け」

ベンジャミンが親切に言ってくれるけど、勧誘目的なんだよね。

灯の魔道具は、前世の科学の夏休みセットみたいだ。

灯の魔法陣に魔石を載せ、スイッチをセットして、ここで灯が点くかチェックする。

「あっ、灯が点いた」

そして、カバーを取りつけて出来上がり。これって、魔法陣が大切なんじゃないの？

「おっ、ペイシェンスもできたか、やはり錬金術クラブに入るべきだな」

ベンジャミンの勧誘はスルーする。

「でも、錬金術といっても、材料を組み立てただけです。誰でも灯の魔法陣があればできるでしょ」

そんなことを話していたら、上からキューブリック先生の熱気溢れる声が降りてきた。

「その通りなのだ。だから、灯の魔法陣をいっぱい描けたら、食うに困らないのだ」

さっきと微妙に言っていることが違う。

「だが、そのスイッチやカバーを作るのにも錬金術は使うぞ。勿論、その材料は金属細工職人やガラス職人に作ってもらったのだが、その前の魔道具を作り出す段階は錬金術の見せどころ満載だ。どうだ、面白いだろう」

そうか、大量生産のラインにのせたら、錬金術で作るより職人に作らせた方が良いんだね。

「先生、私はその前の段階ができるかわからないのです」

「そうか、では錬金術クラブに一度来てみなさい。カエサルなら教えてくれるだろう。授業は、順序だてて教えなければいけないからな」

キューブリック先生、やたらと錬金術クラブを推すなぁ。

「キューブリック先生、錬金術クラブの顧問だからといって、授業中に学生を勧誘しないで下さい」

あっ、魔法クラブのアンドリューから文句が来たよ。

「そうだなぁ。では、ベンジャミンとペイシェンスは飛び級だ。一年の授業は組み立てばかりでつまらないだろう。他の皆は、さっさと組み立てろ。このくらい目を瞑《つむ》ってもできるぞ」

アンドリューは何か言いたそうだけど、まだ組み立てもできていないので座って作業を続けた。アンドリュー、魔法陣のクラスでは見なかったよね。錬金術と一緒に取らないと無駄になるの、ベンジャミンもブライスも教えてないのかな？　それか、他のコマで取っているのかもしれない。

マナーと錬金術、飛び級したけど初等科と違って同じ時間じゃないんだよね。また時間割を考えなきゃいけないんだ。

木曜は行政、料理、習字、染色だ。行政はルパート先輩のお勧めサリバン先生だ。でも、法律と行政の授業には改革の波は来てないみたいだ。一気に改革はできないのはわかるけど、残念だね。

「料理も変わっているみたいだわ。上級生が騒いでいたもの」

「前は出席すれば単位をくれると聞いていましたけど、どう変わったのでしょう」

二人で朝食を取りながら首を捻《ひね》る。受けてみたらわかることだ。マーガレット王女も考えても無駄だと話を変えた。

「昼からの習字も一緒ね。これはお母様にも勧められていたの。綺麗な字を書くのは貴婦人の嗜みだと言われていたの。でも、古臭く感じて取らないって言ったの。そうね、古臭いとハリエットが言っていたから感化されていたのだわ。お母様がよく手紙を自ら書かれているのを見ていたのに、私は全く理解していなかったのね」

王妃様から自筆の手紙をもらったら、受け取った貴婦人は誇らしいし、嬉しいだろう。でも、その字が汚かったら台無しだ。

マーガレット王女がどこに嫁がれるにしても、手紙を書く機会は多そうだ。その時、代筆では礼を欠くこともあるのを心配されて習字を勧められたのだろう。

私はカリグラフィーが格好良いって思ったからだけどね。あっ、そうか。代筆の内職もありだ。すぐにお金儲けを考えちゃうのは、私の欠点かもしれない。

「あっ、そうだわ。金曜は王宮に行くわよ。どうやらキャサリンたちの親からお母様に学友を外されたと苦情があったみたいなの。貴女も連れていらっしゃいと手紙が来たの」

マーガレット王女は平然としているが、『ええ、大変じゃない！』と私は内心で叫んでいた。でも、一年の側仕えで私のマナーも向上している。

「そうですか、わかりました」となんでもないように応えた。

中等科一年Aクラスのホームルームは行く価値を感じない。このカスバート先生、担任には向いてないよね。碌《ろく》に連絡事項もない。中等科になって初めて専門コースに分かれるし、必須科目とか選択科目とかどれを取れば良いか悩んでいる学生も多いはずだよ。それなのにフォローなしなんだもん。あっ、だからカエサルみたいに必須科目を履修登録し忘れる学生も出てくるんじゃないかな？　なんて他のことを考える。

だってキャサリンたちと一緒なのが神経に障るんだもん。嫌な視線がバサバサ飛んでくるんだよ。家でなんと言われているのか、察しがつくよ。マーガレット王女が我儘《わがまま》だとかの文句も言っているだろうけど、私の悪口に集中しているだろう。親だってマーガレット王女の悪口は止めるよね。でも、免職中のグレンジャー子爵の娘の悪口は、その通りだと受け入れて一緒に怒っているのかもしれない。

親から苦情が来ているのなら、王妃様に側仕えをクビになるかもしれないが、それならそれで仕方ない。そう割り切って、悪意の視線に耐える。

サリバン先生の行政の授業は面白かった。でも、基本は教科書に沿って行われる。それに一回目の行政の授業はパターソン先生から受けているので同じ内容だ。

やはり、法律と行政には改革の波は来ていないようだ。模擬裁判とかシャドー内閣とかしたら面白そうなのにな。授業は楽しいけど、法律と行政はアルバート部長の真似をしよう。教科書を丸暗記して修了証書をもらうことにする。パターソン先生と違ってサリバン先生には二年と三年の教科書をもらいやすい。放課後、職員室でもらおう。

何故、修了証書を欲しがるか？　キューブリック先生の魔法使いコースに勧誘されたわけじゃないけど、錬金術とマナーが飛び級したから、時間割と睨めっこしていたら、薬草学と薬学を見つけちゃったんだ。

ほら、ペイシェンスって肺炎で死んじゃったでしょ。だから、治療できたら良いなぁと考えていたんだ。でも、治療って光か風か水だ。特に病気は光みたい。

でも、私の生活魔法ってちょっと変で、野菜とか育てられるじゃない。薬草を育てて金儲け、いや、家族が病気になった時、早めに薬を飲ませたら良いんじゃないかな。ええ、そうですよ。お金儲けも大事なんです。

それと薬草学とセットの薬学。薬学クラブは錬金術クラブの隣にあるんだよ。手芸クラブ、錬金術クラブ、薬学クラブ、どれを選ぶか悩むね。当たれば大きいのは錬金術クラブ。楽しいのは手芸クラブ。そして将来も収入に困らないのは薬学クラブだ。

「文官コース、家政コースだけでも大変なのに魔法使いコースの選択科目を四つも取るなんて馬鹿げているよね」

なんて言いつつも、薬草学と薬学のコマが空き時間にないか探しちゃったんだ。あら、ぴったしじゃない。これって取れって言われている気がするよ。内職する時間に充てようと思っていたけど……今の一〇チームを取るか、将来の一〇ロームを取るか。決まったね。取ろう！

月曜の四時間目が薬草学、そして水曜の三時間目に薬学。でも、一度も受けずに履修届を出すのは不安だ。時間割と睨めっこする。

「金曜の一時間目、薬学だ」

ここは、サリバン先生の法律だけど、法律の第一回目はパターソン先生で受けている。なので、こちらで試してみたい。全く無理そうだとか、面白くなかったらパスしても良いからね。

サリバン先生、ごめんなさい。法律の一回目はもう受けているし、先生の雑談はちゃんと聞いたよ。でも、科目の方針だからか教科書の読み上げが多くて、やはり他のことばかり考えてしまいました。だから、うん、丸暗記して修了証書もらいたいのです。

私の履修届、三コースに跨《また》がっているよ。何か欲張りすぎているのかな？　一度、父親と相談した方が良いのかもしれない。

「何になりたいのだ？」と呆れられるかも。

そう、初めはペイシェンスも考えていた通り、女官とか文官を目指して文官コースを取ったんだ。

そして、マーガレット王女の側仕えとして嫌だけど家政コースも取った。でも、織物、染色、習字、刺繍、外国語は面白いんだよ。

その上に錬金術に惹かれて、魔法陣も取って、それに上乗せして薬草学や薬学に興味が出たんだよね。

最初の文官コース、行政と法律は丸暗記で修了証書を取る予定だ。それに経営学は面白い。世界史と地理はまだだけど、ルパート先輩の推薦の先生なら面白いんじゃないかな？

経済学は金曜だから、まだわからないよ。私は前世では経営学部卒だった。就職に有利だから選んだんだよ。まぁ、無事に就職はできたけど、異世界に来たから活用できてないね。経済学を選ばなかったのは数学が必須だったからだ。異世界ではどうだろう。少し不安だ。

そんなことを考えているうちに授業は終わったよ。本当に申し訳ない気分だ。

次は料理だ。料理実習室へ向かう。マーガレット王女が手招きする。

「ペイシェンス、一緒に料理しましょう」

前世の調理室に似ている。でも、大テーブルではなく、中テーブルに水道？　コンロ？　包丁、まな板、そしてテーブルの下にはフライパンや鍋がしまってある。

「これは魔道具ですね」

水の魔道具の魔石に手を当てると水が出る。

「まぁ、寮のお風呂と同じね」

水とお湯の違いはあるけど、同じだよね。

「これは魔道具のコンロですね。あっ、テーブルの下にはオーブンもあるのですね」

凄い設備だな。ここで、材料があるならクッキーやケーキを焼きたいな。

「ペイシェンスはお菓子作りができるものね」

「ええ、でも侍女がうるさくて、自分では作ったことはないのです。料理人にレシピを渡して、指示するだけです」

「それでも凄いわ。私は台所に入ったこともないのよ」

この料理の授業、不安しか感じないよ。

「皆様、料理を教えるマギー・スペンサーです。春学期の目標は自分の昼食を作ることです。実技なのに午前中なのは、ここで昼食を食べてもらうからなのよ。真面目にしないと昼食抜きになりますからね」

クラス全員がざわめく。昼食を抜くのはダイエットに慣れている令嬢は平気だけど、昼休憩まで授業なのは我慢できない。

「スペンサー先生、昼休みは自由時間のはずですわ」

キャサリンは度胸あるね。それは認めるよ。

「ええ、授業時間内に作って食べれば問題ありませんよ。それと言っておきますが、私は食材を無駄にするのは我慢できません。残す方は不可にします。つまり必須科目だから留年決定ですからね」

悲鳴が上がった。留年になると親にどれほど叱られるか、それどころか王立学園を卒業できないと結婚もできないのだ。留年なんかしたら、婚約破棄されるかもしれない。

「はい、そんな無茶な料理を初心者にさせたりしません。今回は卵料理です。よく聞いて、料理しましょう」

全員が必死でスペンサー先生の説明を聞く。私はゆで卵ぐらい目を瞑っていてもできるよ。魔道具のコンロの火の調整だけ聞いておく。

「さて、ゆで卵だけではダイエットしている令嬢でもお腹はいっぱいになりませんよね。スープとパンもつけます。誰か、スープを作りたい方は？」

誰も手を上げないので、私が手を挙げる。ゆで卵を作りながらでも、スープぐらい作れる。

「では、貴女、お手伝いして下さいね。さぁ、ゆで卵を作って下さい」

私はマーガレット王女と私の卵を小鍋に入れ、水を被る程度に入れる。そして、ヒビが入っても良いように塩をほんのひとつまみ振っておく。

「マーガレット様、水がぷくぷくしてきたら、このタイマーを一〇分にセットしているので、押して下さい。そして、このお玉で鍋の中の卵をころころさせて下さいね」

他のテーブルでは鍋を探すのも難航している。あっ、そんな大鍋はお湯が沸くのに何分もかかるよ。

「貴女はペイシェンスね。ジェファーソン先生から聞いていたの。では、スープ作りを手伝ってね」

こんな時期だから蕪《かぶ》のポタージュスープだ。蕪の皮を剝《む》いて、大きな寸胴鍋に入れる。

「ふふふ、少しズルをしてスープストックは予め作っているのよ。さて、これを煮込んでいる間、テーブルを見回らなきゃね」

私はアクを取りながら、マーガレット王女を見張っておく。もう、沸いたと思うけどタイマーセットしたのかな？　どう見てもしてなさそう。

「マーガレット様、タイマーセットして下さい」

ハッとしてタイマーのボタンを押す。

「それから、お玉でコロコロして下さい」

「そうだったわ」

ああ、危なっかしい。

「もう良いですよ」

少し黄身が偏ろうと味に変わりはない。

あっ、スペンサー先生が大鍋にチェックを入れて、叱っている。

「ペイシェンス、蕪のスープの裏漉《ご》しをお願いできますか？　ゆで卵でこんなに苦労させられるとは思ってなかったわ」

漉し器ともう一つの寸胴鍋を出してくれたので、スープを少しずつ漉し器に入れて別の寸胴鍋に移していく。

「これに生クリームを入れて、塩、胡椒《こしょう》で味を調えたら出来上がりよ。ペイシェンス、助かりました」

あとはスペンサー先生がテキパキとスープを仕上げた。

私はマーガレット王女のテーブルに帰り、まだタイマーは鳴っていなかったが、セットが遅れたのだから、もうゆで上がっている卵を冷水に浸ける。

「何故、ゆで卵を水に浸けるの？」

「こうすると卵の殻が簡単に剝けるのですよ。もう良いでしょう」

ゆで卵の殻を剝いたことがないマーガレット王女にやり方を教える。

「卵を平たい所でコツコツすると、殻が卵に刺さりません。そしてヒビから剝いていきます」

私の真似をしてマーガレット王女もゆで卵を綺麗に剝いた。

「まぁ、つるりと剝けたわ」

ゆで卵を二つに切り、お皿に盛りつけて、私たちのファーストクッキングは終わった。

二人で座って周りを見渡すけど、ゆで卵を作っているとは思えない悲鳴が上がっている。

「きゃー、落ちたわ！」

「まだゆで上がってないわ」

マーガレット王女は心配そうだ。

「ペイシェンスはきっと修了証書をもらえるわね。私は誰と組めば良いのかしら？」

私は実習室内を見渡す。キャサリンたちは駄目だ。大鍋を選んだ時点で失格だ。小鍋を選んだ数人をマーガレット王女に教える。

「そうね、彼女たちなら私の失敗を注意してくれるでしょう」

他力本願のマーガレット王女だけど、これは仕方ないだろう。

かなり時間が経《た》って、全員がどうにかゆで卵を作り終えた。

「スープとパンを取りにいらっしゃい」

今日の昼食は簡素だ。蕪のポタージュスープとパンとゆで卵。まぁ、前のグレンジャー家より豪華だけどね。

「お腹空いたわ」

もう昼の鐘は鳴っていた。

「ええ、食べましょう」

蕪のポタージュスープは、やはり料理の教師のスペンサー先生のスープストックと味付けだから美味しかった。パンは上級食堂《サロン》と同じだ。

「ゆで卵って美味しいのね」

自分で初めて料理したゆで卵を美味しそうにマーガレット王女は食べた。でも、失敗した学生は嫌そうに口にしている。

「やだ、灰色だわ。スペンサー先生、この卵は腐っています」

ゆですぎたのだ。先生にも叱られている。

殻を剝く時に壊した学生や、黄身が偏って飛び出している学生がスペンサー先生に「残して良いですか?」なんて言って叱られている。

「ペイシェンス、私とても不安だわ」

確かに見た目が悪いゆで卵が多い。

「大丈夫ですよ。スペンサー先生の説明をよく聞いて、その通りにすれば良いのです。先生は卵が入る鍋と言われたのです。大きな鍋とは言われていませんし、卵に被る水を入れ

て塩をひとつまみと言われたでしょ。それとお湯が沸いたらタイマーを一〇分にセットして、お玉で卵を転がす。そしてタイマーが鳴ったら冷水に浸けて、冷えたら平たい所でコツコツして殻を剝く」

マーガレット王女が呆気《あっけ》にとられている。

「ペイシェンス、よく覚えているわね。私はタイマーを入れるのも忘れていたわ」

そうか、一度に全部覚えるのは難しいかもしれない。

「スペンサー先生の説明をメモしておけば安心ですよ」

「あっ、そうね。今度から、そうするわ」

私たちの話をスペンサー先生は笑いながら聞いていた。

「ペイシェンスには料理の授業は必要ありませんね。修了証書をあげましょう。それとマーガレット王女、メモを取るのは良いことですよ。頑張って下さい」

うん、私がいなくてもスペンサー先生なら大丈夫そうだ。


私とマーガレット王女はまだマシな質素な昼食を食べた。そっか、木曜は学食で食べられるね。マーガレット王女には気の毒だけど、キース王子と別なのは嬉しいな。

「次は習字ね」

そう、カリグラフィーなんだよ。できるようになったら格好良いよね。

「頑張りましょう」

習字も人数が少なかった。皆簡単に単位が取れる科目に集中しているみたいだ。でも、その通りになるかは知らないよ。

「私が習字を教えるケイト・サザーランドです。美しい字を書けるのは生涯にわたって自分の宝物になると思うの。では、教科書の初めから書いていきましょう」

初めのページにはアルファベットが綺麗な飾り文字になっていた。

「はい、まずは自分の名前を綺麗な飾り文字で書きましょう。飾り文字と飾り文字の続け方がわからない方は手を挙げてね」

マーガレット王女は困惑している。王家の名前は長いのだ。

「省略して書かれてはいかがですか？」

少し考えて首を横に振る。

「いいえ、どうせなら正式な名前を綺麗に書く練習をするわ。結婚する時に汚い署名はしたくないもの。マーガレット・アイオリア・アガペー・ローレンス」

結婚、そうか卒業したらあり得るんだね。自分が職業婦人になるつもりだから、考えてなかったよ。

「ペイシェンス・グレンジャー」

一文字ずつ飾り文字を見ながら書く。なんか格好良い署名になったよ。

「ええ、上手く書けていますが、それを一気に書けるまで練習しなくてはいけませんよ」

教室を見回っているサザーランド先生に注意された。確かによく見ると、途切れ途切れになっている。一気にこれを書かないといけないのだ。

「はい」と返事をして、練習する。

「ペイシェンスは、名前はもう良いですよ。次のページに移りなさい」

何人かは、署名は合格して、次の挨拶の言葉に移った。

マーガレット王女の名前は長い。それなので一気に書くのに時間がかかっている。でもどうにか合格して、次のページになった。そこで授業は終わった。

「集中していたから、あっという間に終わったわ。でも、この署名をサラサラ書けるまで練習は続けるわ」

音楽にしか興味なかったマーガレット王女なのに、少し変わったかな？　なんて思ったけど「さぁ、放課後は音楽クラブよ。あの『別れの曲』の練習したのを皆に聞かせたいわ」とはしゃいでいる。

「マーガレット様、その前に魔法実技では？　それも修了証書をもらいたいですよね」

マーガレット王女は風の魔法だ。かなり魔力も多いのだが、制御にムラがあるから合格がもらえない。

「ええ、合格して音楽に没頭したいわ。自由に音楽ができるのも学園内だけかもしれないもの」

　音楽愛に浸れるのが学園限りと聞かされると、音楽クラブ活動ぐらい好きにしても良いかなと思うが、私がそれに振り回されるのは困ったものだ。


　染色の教室は大きな釜が何個もあって、色々な色の糸が干してあった。

「あっ、織物で一緒だったペイシェンスね」

　リリーが声をかけてくれた。ソフィアと染色を取るのを忘れていたハンナもなんとかやりくりしたのかちゃんと染色も取ったようだ。

「一緒ですね。染色もしたことないからお願いしておきます」

「私もしたことないよ！」

　また初心者四人組になりそうだ。

「あら、皆染色も取ってくれたのね。嬉しいわ。前からセットにしてほしいと言っていたのよ。来年からは履修要項に書いてもらうつもりよ」

　織物と同じダービー先生だった。

「染色したことがある人は？　織物と同じね。では、したことがない人は前の席に固まってね」

　わかっていたから四人で前に座っていた。

「あら、準備良いわね。染色は準備が大切なのよ。あとは経験ね。同じ染料でも温度や気温や湿度で色が変わるのよ。だから、これからはノートに材料の量、水の量、その日の気温、湿度や天気も書いておくようにしてね」

うん、前世のテレビで藍染作家の特集とかでも言っていたよ。藍は生き物だって。

「では今日は一番身近な草木染めをするわ。これはなんでしょう?」

先生は玉ねぎの皮を手に持っていた。

「玉ねぎの皮ですよね」

リリーが答える。なんだか草木染めのイメージとは違うから、がっかりした雰囲気になる。

「そう、これで綺麗な黄色に染めることができるのよ。茶色にもできるけど、今日は黄色に染まるようにしましょう」

大きな釜ではなく、各自が小さな鍋で染めることになった。

「この染めた糸で、次の織物を織るから自分の好みの黄色にしてね」

先生が指定する重さの玉ねぎの皮に言われた量の水を入れて煮る。

「はぁい、注目。皆集まって」

今度は私の番みたいだ。私の鍋の中では玉ねぎの皮がグラグラ煮たっていた。

「これの色を見ていてね。真っ白な皿に少しだけ汁を取るの」

綺麗な黄色になっている。

「この色で良い？」

「良いです」と答えると、先生は糸の束を鍋の中に入れた。

「弱火で少し煮込んで、焼きミョウバンを入れて色を定着させるの。ここからは好みなの。浸ける時間が長いと色が深くなるわ。鮮やかに染めたいなら、早く出しても良いし。でも、淡いのは嫌なら少し待たないといけないの。それは皆が試行錯誤して覚えるしかないのよ」

私は深い黄色にしたいので、少し待つことにする。時計は持っていないが、教室の壁にかけてあるから、ノートに書き込む。

「そろそろ出したくなったら、火傷《やけど》しないようにトングで取り出して水で洗うのよ」

リリーは取り出して洗っている。綺麗な黄色に染まっている。

「そろそろね」私も取り出して洗う。うん、リリーのより深い黄色だ。

「染めた糸はここに干してね。自分のがわかるように名前を書いて洗濯バサミで留めておくのよ」

うん、やっぱり染色は楽しい。庭に染め場を作りたいよ。

「ペイシェンスのは、私のより深い色ね」

リリーや他の人と比べてわいわい騒ぐ。でも、経験者組はやはり違う。

「一度染めではなく二度染めにしたいのですが……」

明らかに私たちとレベルが違う。ダービー先生は笑って「貴女たちは織物も染色も飛び級しなさい」と言った。

「二年の染色と織物なら、退屈どころかついていくのも大変でしょうけど、やり甲斐があるでしょう」

四人だけになるけど、良いのかな？　私たちが顔を見ているとダービー先生は「大丈夫よ。飛び級はよくあるの。家でしたことがある学生のほとんどは飛び級するのよ」と笑った。

織物と染色はのんびり基礎から身につけていこう。時々、生活魔法を使いそうだけどね。

「わっ、手が黄色に染まっているわ」

ハンナの声で全員が手を見て驚く。

「綺麗になれ！」私が全員の手を綺麗にした。

「まぁ、便利ね。ペイシェンスの生活魔法はジェファーソン先生も褒めていらしたけど、さすがだわ」

黄色に染まった手で音楽クラブに行ったら、マーガレット王女に叱られそうだから綺麗にしたのは黙っておこう。

第五章　文官コースと魔法使いコース

音楽クラブに入っていて良かったと思う。何故ならルパート先輩は面白い授業を教えてくれたし、なんとアルバート部長は法律と行政の二年と三年の教科書をくれたのだ。

「サリバン先生だろうと法律や行政なんか面白くもないだろう。さっさと丸暗記して修了証書をもらえば良いのさ。そして空いた時間は作曲に集中するのだ」

まぁ、動機は変だけど、ありがたくいただいておく。

「サミュエルは乗馬クラブに入ったの？」

従兄弟がクラブをかけ持ちすると言ったので聞いてみる。私もかけ持ちになるかもしれないから参考までにね。

「入ろうとしたけど、一年生は馬の扱い方を学べとか言われて、その馬の中には騎士クラブの馬もいたからやめた。あのクラブは騎士クラブの下位組織だ。もっと乗馬部として独立した活動だと思っていたからがっかりだ」

なんかどこかで聞いたことがあるフレーズだ。

「そういえば魔法クラブも騎士クラブの下請けだとの悪口を聞いたわ。騎士クラブって凄いのね」

私たちの会話にアルバート部長が口を挟む。

「騎士クラブは騎士団の予備軍だからな。あれは学園のクラブ活動とは言えないのではないか？　学生会の部長会議で今度議論に上げよう。リチャード王子が学生会長の時は、乗馬クラブに騎士クラブの馬の世話などさせていなかったはずだ」

音楽クラブの男子メンバーは、近頃の騎士クラブのやり方に文句を言う。女子はあまり関わりがないので「そうなの？」って感じだ。

乗馬クラブにサミュエルたちを誘ったダニエルも怒っていた。

「乗馬クラブの馬の面倒を見るのは当然だと思いますが、騎士クラブの馬の面倒は騎士クラブで見るべきです。それすら守らないのはおかしい」

エリック部長が卒業して、誰が部長になったのかも知らないけど、騎士クラブが勢力を伸ばしているのは確かみたい。

「そんな話は後にして、何か弾きましょう」

マーガレット王女の言葉で、騎士クラブの悪口タイムは終わった。でも、私はキース王子やラルフやヒューゴも騎士クラブなのだと心配になった。何か変なことが起こっているのではないか、嫌な予感で胸がザワザワしたのだ。

金曜は一時間目のサリバン先生の法律だけど、パターソン先生の一回目を受けているから、薬学の授業を一度受けてみる。薬草学と薬学には興味があるけど、一度も受けずに履修届を出すのは怖いからね。

やはり魔法使いコースの雰囲気は朝から怪しい。その中でも薬学の教室はヤバいよ。これは私が前世で空想していた魔女の部屋に近いね。それと錬金術師の実験室を足して二で割った感じだ。

ある意味で料理実習室に似ているが、何故か暗幕が引いてあり暗いんだよ。雰囲気が怪しすぎる。

「えっ、ペイシェンス。薬学まで取るのか？」

ベンジャミンとブライス、そしてアンドリューに驚かれた。

「いっそ魔法使いコースに変更したらどうだ？」

ベンジャミンの言葉に頭が痛くなるよ。

「私も手を広げすぎかと悩みましたが、こうなったら興味があるものはじゃんじゃん手を出すしかないと割り切りました」

三人に呆れられたよ。

「まぁ、ペイシェンスは必須科目の修了証書をほぼもらっているから、好きなことをすれば良いさ。隣に座れよ」

この薬学の教室でも窓側の後ろの席なんだね。同じテーブルの横に座った。

「私は魔法使いコースではないので質問しますが、薬草学も取った方が良いのですか？」

「えっ、薬草学も取るのか？　まぁ、薬学と薬草学はセットだから、両方取る方が良いけど、薬草学は土の魔法が有利だと聞くぞ。薬学は水が有利だと言われているが、私は火だけだからな。要はやる気の問題だ」

なんて話しているうちに先生が教室に来た。でも、この先生って魔女っぽいよ。

「おや、今年も薬学を学ぼうなんて奇特な学生がいたんだね。私はガリア・マキアス。春学期は薬学の基礎中の基礎、回復薬を学ぶよ。これができない学生は薬学に向いてないから、サッサと辞めて他の科目を選択しな」

話し方も魔女っぽいマキアス先生は年齢不詳だ。白髪交じりの黒髪を無造作に後ろで括っている。肌とかよく見ると若いのかもしれないが、全体の印象は魔女のお婆さんだ。

「ほら、教科書を開きな！　ない？　グズだね。サッサと取りに来るんだよ」

皆も呆気に取られている。私はなんだかおかしくて笑いを堪えるのに必死だ。

薬学はありだな！　折角、異世界に来たんだもの。回復薬とか異世界につきものじゃない。

「ほら、サッサと教科書を読んで、下級回復薬を作るよ。作り方がわかったら、材料を取りに来な」

教科書の初めに下級回復薬の作り方が書いてあった。

「鍋に薬草と倍量の水を入れて火にかける。としか書いてないが、薬草を綺麗に洗っておくこと。鍋も綺麗に洗っておくこと。そして水も浄化させておくことが大事だよ。教科書通りにしたら、失敗するからね」

この教科書、駄目じゃん。なんて思ったら、続きがあった。

「教科書には、薬学を学ぶ学生なら当然知っていることは書いてないのさ。お前らはまだひよっこだから、一々教えてやるが、二年生になったら、自分で読んで作るんだよ。失敗から学ぶのも大切なのさ」

私は、料理は得意だ。それなのでレシピがあるなら作れる。

「マキアス先生、材料を下さい」

私をチロッと見て、薬草を渡してくれた。

「まぁ、やってみな」

やってみよう。料理実習室に近い中テーブルには水の魔道具とコンロの魔道具が設置してある。

まずは水の魔道具の魔石に手を当てて、水を出して、蓬《よもぎ》に似た薬草とテーブルの下から出した小鍋を丁寧に洗う。そして「綺麗になれ！」と生活魔法もかけておく。

テーブルの下には量りもあったので、薬草を量る。そして倍の重さの水を小鍋に入れて「綺麗になれ！」と浄化しておく。あとは薬草を入れてコンロの魔石に手を当てて煮るだけだ。

「マキアス先生、どのくらい煮れば良いのですか？」

「良い質問だね。半分まで煮れば良いさ。これも教科書には書いてないね。覚えておくんだよ。私は同じ質問には二回も答えないからね」

全員が手を止めて、教科書に書き込んだ。

「半分に煮詰まったわ。これで回復薬になっているのかしら？」

私がクビを傾げていると、マキアス先生がやってきた。

「できたのかい？　なら、濾して瓶に詰めるんだよ。濾し器も瓶も浄化するのを忘れてはいけないよ」

濾し器はテーブルの下にあった。洗って「綺麗になれ！」と浄化しておく。瓶は教壇の後ろの箱に入れてあった。何本か持ってきて、それも洗ってから「綺麗になれ！」と浄化する。

「あっ、濾し器から移す鍋も綺麗にしておかないと」

私がバタバタしている横でマキアス先生は「フン」と鼻を鳴らした。

「手順が悪いよ」と叱られたよ。

やっと濾して、それを瓶に三本詰めた。

「一本飲んでみな」

薄緑色の液体は青汁っぽい味がした。あれっ、なんとなく元気になった気がする。

「まぁ、合格だね。次からは上級回復薬を作るんだね。その二本はどうするかい？　持って帰って常備薬にしても良いし、騎士コースに売っても良いんだよ」

「えっ、授業で作った下級回復薬が売れるのですか？」

驚いたよ。こんな所に内職が落ちていたなんて。

「お前さんのだけだよ。他の連中のは、売り物になんかならないさ。生活魔法を極めれば、なんだってできるとジェファーソン先生が大層なことを言っていたが、満更、年寄りの嘘じゃなさそうだね。あんた魔法使いコースじゃないみたいだけど、道を間違っているよ」

初めて作った下級回復薬は家の常備薬にすることに決めた。半年ぐらいもつそうだし、初期の風邪ぐらいなら効くと聞いたからだ。風邪は万病の元だもの。ペイシェンスも肺炎になって死んだからね。

「あっ、でも薬学Ⅱを取れるかしら？」

合格は嬉しいけど、時間割が複雑になっている。秋学期まで薬学Ⅱは待つしかないのかも。

「ふん、どうせお前さんは飛び級や修了証書を取りまくるんだろう。薬学Ⅰの時間でも良いさ。私は合格した学生にいつまでも下級回復薬を作らせるなんて時間の無駄だと思っているからね」

魔女っぽいマキアス先生だけど、同じ授業時間中に薬学Ⅱをしても良いなんて、優しいのかな？　なんて考えていたら、ニヤリと笑っている。ゾクゾクッとしたよ。

魔法使いコースに二人の先生から勧誘されたけど、今のところは興味がある科目を受けるだけにする。履修要項にある攻撃魔法とかの科目は無理そうだもの。

二時間目は経済学だ。

「経済学と経営学の違いってなんだろう?」

前世でもよくわかっているとは言えなかった。経済学には数学が必要だと進路説明の時に聞いて、経営を選んだのだ。今のところ学園の数学は簡単だったけど、少し不安になる。ミクロ経済とかマクロ経済とか一般教養の経済で聞いたけど、単位を取って忘れちゃったよ。インフレとデフレの仕組みとかも経済学だったよね?

経済学の先生は前に受けた経営学と同じカインズ先生だった。

「今年、経済学を教えるカインズだ。経済学は、社会全体における経済の仕組みについて経済理論をベースに学ぶ。『ヒト、モノ、カネ、情報、時間』といった限られた資源を社会全体が豊かになるように使う為にはどうすれば良いのか、というのが経済学の目的だ」

なるほどねと、全員が頷く。あっ、カインズ先生が笑っている。嫌な予感がするよ。

「この中には経営学を取った学生も多いだろう。さて、お楽しみはこれからだ」

教室がざわめく。何をさせられるのか不安なのだ。

「経営学では一〇ロームを元手にして事業を立ち上げて黒字経営をするのを課題にした。経済学でも実践を取り入れる。つまり事業を調べてそれをより良くする方法を考えてもらう」

あっ、これに似たのを前にやったことがある。実践経済学だ。でも、異世界の事業なんて知らないし、インターン制度なんかもないよね。どうしよう。

「先生、事業なんて知りません」

ここでもフィリップスが質問する。

「フィリップス君、領地も立派な事業だよ」

かなりの学生が、なるほど！　と納得したみたいだ。でも、グレンジャー家は領地なんて持ってないんだよ。どうしよう。

「あっ、それと架空の事業を作り上げて、それを発展させてもいいぞ」

「それって経営学とダブっていますよ」

「そんな面倒くさいことを誰がするんですか」

何人からか野次が飛ぶ。

「何を言う。経営学で事業を立ち上げ、黒字経営を目指す。そして経済学でより良くさせる方法を考えるのだ。一挙両得だろう」

面白そうだけど、異世界の事情を知らないから難しいよ。でも、なんとかしよう。これを知らなければお金儲けできない。

「先生、経営学の事業立ち上げには人件費も含まれるのですか？」

あっ、私も知りたかったよ。

「当たり前だ。一〇ローム内で雇って、材料も購入しなければいけない。そして事業を立ち上げる場所代もいるぞ」

無茶じゃない？　クラス全員からブーイングが起こる。

「カインズ先生、質問があります」

課題をするにあたって聞いておかなくてはいけない。

「おや、君は？」

「ペイシェンス・グレンジャーです。経営学も取っています」

「そうだ！　経営学と経済学の両方とも私の授業を取っている女学生だ。それでペイシェンス君、何を質問したいのかな？」

全員の視線が集まっているよ。でも質問しよう。

「事業を立ち上げるにあたって従業員を雇わず、私一人で始める時は人件費はなしで良いですか？」

カインズ先生は腕を組んで考える。

「そうだなぁ、そんなケースは考えていなかったな。自分一人で始めるなら人件費は要らないな」

良かった。

「では場所代には自宅はどうなるのでしょう。場所代は要りませんか？」

　またカインズ先生は考え込んだ。

「自宅かぁ、それは必要ないかもしれないな」

　もう一つ聞いておこう。

「家には温室があります。そこを管理しているのは私なのですが、それを使っても良いでしょうか？」

　カインズ先生は困った顔をしている。

「温室は高級な施設だ。それをタダにしてはいけないと思う。が、その使用料を父上に払うと言っても、受け取られないだろうな。縁故も経営には必要だから、ギリギリセーフだな。だが、温室の管理に必要な薪とかガラスの修理費は計上しなくてはいけないぞ」

　これで良いだろうとカインズ先生はホッとした顔をしたけど、もう少し質問があるんだよ。

「先生、私は寮生なので平日の管理は下男にしてもらいます。その場合は、下男が温室で作業した時間だけの人件費で良いでしょうか？」

「勿論、作業時間の人件費は計上しなくてはいけないが、凄く具体的な案だな？　もしかして実践しているのか？」

　教室がざわめくけど、無視しよう。

「いえ、仮定の話です」

　フィリップスが手を挙げた。

「温室の管理費は高価です。ガラスの修繕など一〇ローム内ではできないと思います」

「という意見が出たが、ペイシェンス君どうなんだ？」

「私は生活魔法でガラスの修繕をいつもしていますわ。つまり修繕費をかけたことはありません」

フィリップスが疑いの目を向ける。

「生活魔法で修繕なんかできるものか、いくら架空の事業でもおかしすぎる」

私はカチンときた。言葉を疑われたのと、生活魔法を馬鹿にした態度にだ。

「では、そこの黒板のヒビを直せば、温室の修繕もできると認めますか？」

全員が黒板のヒビに注目する。

「ああ、修繕できたら、私は自分の不明を恥じ、謝罪しよう」

私は黒板の前まで歩いて「綺麗になれ！」と少しだけ強く唱える。

あっという間に古びていた黒板はピカピカの新品になった。勿論、ヒビなんかない。

「凄い！　生活魔法ってこんなこともできるのか」

カインズ先生に驚かれた。フィリップスは口を開けて唖然としている。他の学生も驚いていたが「フィリップス、謝れよ」と野次が飛んだ。

「ペイシェンス嬢、私の不明のせいでお言葉を疑って申し訳ありません。二度とお言葉を疑ったりはいたしません」

凄く丁寧な謝罪だったよ。キース王子の謝罪とは違うね。

「ええ、謝罪を受け入れますわ。それに生活魔法を下に見る風潮が悪いのであって、フィリップス様が特別ではありませんもの」

カインズ先生は黙って聞いていたが、ハッとした顔をした。

「なぁ、ペイシェンス君。その魔法を使えば温室なんかなくても大儲けできるのではないか？　蚤《のみ》の市で一〇ローム分の壊れた骨董品《こっとうひん》を買って、それを修繕して売るのだ！」

あっ、ワイヤットがやっているのと同じだな。

「カインズ先生、それだと買いに行く人件費がかかりますわ。それに偽物の骨董品を掴まされたら、修繕しても買い叩かれてしまうのでは？」

ピシャンと額を叩いて「そうか！　良いアイディアだと思ったのだがな」とカインズ先生が悔しがるから、学生から野次が飛ぶ。

「経営学と経済学の先生なのに情けないですよ！」

フン！　と開き直ったカインズ先生が反撃する。

「君たちは馬鹿だな。経済学者が金儲けできるなら、こんな教室で、薄給で教えているわけがない」

それで良いのか？　まぁ、その通りなんだけどね。教室中は爆笑の嵐だ。

この日から文官コースのアゲンストな風を感じることがなくなった。仲間と認められたみたいだ。

経済学の後は上級食堂《サロン》でいつものメンバーで昼食を取る。私は王宮行きがズシンと重くのしかかっている気がして、食欲がない。だからメニューを見て軽そうなメインにした。つまり魚だよ。

「私は蒸し鶏《どり》にするわ」

あっ、それもサッパリしているかも。でも魚の気分になっている。

「私は魚のポアレにします」

キース王子とは一席分空いているのに聞き咎める。

「ペイシェンスは魚が好きだな」

失言レーダーが『変な女だ』と察知したが、それ以上は口を開かなかった。キース王子も少しは成長したようで良かったよ。

デザートを食べる元気はないので、手を付けずに残した。卵とバターと砂糖が勿体ないよ。高価な食材が無駄にされているのを目にすると、精神的に辛い。

貧乏な暮らしで節約生活しているからだ。前世ではフードロスとか騒いでいたけど、捨てちゃう食べ物は多かった。一人暮らしだと食材を使いきれなかったんだ。異世界に来てから凄く敏感になったのは、飢えた経験があるからだよ。

「ペイシェンス、次は刺繍よ。貴女は得意そうだけど、私は不安だわ。なるべく飛び級しないでね」

マーガレット王女の無茶振りが来た。

「ええ、私は刺繍をいっぱい楽しみたいので、できる限り飛び級にならないようにします」

隣でキース王子が呆れている。

「ペイシェンスは中等科でも飛び級しているのか？　何科目したのだ？」

そんなの答えたくないよ。キース王子のライバル視線は苦手なんだ。

「ペイシェンスはダンスと美容と料理は修了証書をもらったわ。それとマナーと錬金術と薬学は飛び級したのよ。どう、私の側仕えは凄いでしょ」

あっ、そんなことを言ったらと心配したが意外な反応が返ってきた。

「そうか、ペイシェンスは頑張っているな。偉いぞ」

あれっ、褒められたよ。

「私は学友が優れているのを受け入れる度量があるのだ。そしてペイシェンスは姉上の側仕えだから、優れていて当然なのだ」

マーガレット王女も驚いている。

「まぁ、キース。王族として立派な態度だわ」

キース王子はマーガレット王女に褒められて嬉しそうに頬を赤らめた。うん、可愛いよ。このまま賢い王子でいてね。

刺繍のパトリシア・マクナリー先生はお淑《しと》やかな貴婦人だった。

「この授業では、美しい刺繍を勉強します。刺繍を侍女や専門家に任せる貴婦人が多いですが、本来は令嬢や貴婦人の嗜みなのですよ。特に近頃の令嬢は自分の名前をハンカチに刺繍して、お好みの方に渡すロマンチックな風習なんか忘れてしまわれたようで悲しいですわ」

あら、クラスの全員が自分の好みの男子を思い浮かべたのか、雰囲気がピンク色に染まったよ。

「春学期は自分の名前をハンカチに刺繍してもらいますわ。名前の刺繍が綺麗にできるようになったら、紋章を刺繍しましょう。昔の女学生はお好きな方の紋章を忍ばせて恋の成就を願ったのよ」

このマクナリー先生、女学生の心を摑むのが上手いね。政略結婚だと恋を諦めているマーガレット王女も真剣に自分の名前を刺繍しているよ。勿論、私も真面目に刺繍するよ。家紋とかナシウスの服の隅にするのって格好良いよね。早く習いたい。

マーガレット王女も刺繍の授業を真面目に受けるようだし、安心だよ。まぁ、多くの女学生が、裏面がぐちゃぐちゃだとやり直しを命じられていたけどね。

「まぁ、この裏を見られたら百年の恋も冷めてしまいますわ」と言われて真剣になっていたよ。マクナリー先生なら、私が飛び級しても大丈夫だよね。

うん、私は紋章も刺繍して、飛び級したんだ。つい本気になると生活魔法を使ってしまうんだよね。ナシウスの制服の上着の見返しに刺繍しようなんて考えたから、真剣になりすぎちゃったよ。

キース王子の制服の上着の見返しの刺繍が格好良かったからいけないんだよ。オーダーっぽい、というかキース王子の上着はオーダーなんだろうね。ナシウスのは、モンテラシード伯爵家からのお下がりだけど、生活魔法で新品にしたし、刺繍を入れたらオーダーっぽくなるよね。


そんな現実逃避していても王宮はすぐ横だから着いたよ。あっ、胃が痛い。でも、マーガレット王女の後ろをお淑やかについて歩く。王妃様の部屋にもすぐに着いちゃった。

「お母様、帰りましたわ」

マーガレット王女は挨拶して、王妃様の横の椅子に座ったようだ。私は礼をして頭を下げているから、雰囲気で察しているよ。

「ペイシェンス、頭を上げて、ここに座りなさい。貴女には苦労をかけたわね」

マーガレット王女も頷くので、椅子に座る。

「お母様、私は人を見る目がありませんでしたわ。反省しています」

マーガレット王女の謝罪をビクトリア王妃様は微笑んで受け入れる。私はキャサリンたちの親が文句を言っているのだろうと胃が重い。

「ペイシェンス、貴女は私が選んだマーガレットの側仕えなのです。ウッドストック侯爵夫人やクラリッジ伯爵夫人やリンダーマン伯爵夫人には王宮の出入りを遠慮してもらったわ」

王妃様の微笑みが深くなる。

「まぁ、それでは社交界からも距離を置かれてしまうわ」

マーガレット王女が驚く。

「まだマーガレットは修業が必要ね。あの方たちは貴族至上主義者なのよ。それなのにわざわざ学友に選んだ時は止めようと思いましたわ」

「何故、止めて下さらなかったの？」

アルフレッド王様の本当はしたい政策の反対勢力なんだね。その令嬢たちをマーガレット王女が学友に選んだんだ。何故、止めなかったのかな？

「これからもずっと貴女のやることを監視するわけにはいきませんからね。自分で見る目を養わないといけませんわ」

マーガレット王女は不服そうだ。

「なら、初めから彼女たちを王宮に呼ばなければ選びませんでしたわ」

ビクトリア王妃様がほほと笑う。怖いよ。

「貴族至上主義者を全員排除しては、ローレンス王国は成り立ちません」

貴族至上主義者は多いんだね。家の父親の復職は難しそうだ。閑職で良いから俸給が欲しいな。

「でもお母様は三人の母親を王宮から遠ざけたと言われたわ」

そうだよね。大勢力の貴族至上主義者の貴婦人を三人も遠ざけて良いの？

「あら、それは話が違うわ。彼女たちは私の決定に文句を付けたのよ。王妃の決定に口出すだなんて、なんて身の程知らずなのかしら。これは貴族至上主義者にも納得できますわ」

マーガレット王女も私もビクトリア王妃様の恐ろしさの一端を知った。

「ペイシェンスには何か謝罪の品を贈らないといけませんね。あの学友たちの悪意に晒《さら》されたのですから」

ああ、側仕えを辞めさせてくれないんだね。なら一つだけ頼みたいことがある。

「あのう、マーガレット王女とキース王子が一緒に昼食を食べるのを止めて下さい」

マーガレット王女も横で「そうね、お願いしますわ」と応援してくれる。

「ほほほ、駄目です」

あっ、王妃様の決定にマーガレット王女の側仕え如きが口を出してはいけないんだね。

「そうですわね。ペイシェンスが決められないなら、私の選んだ物で我慢してもらいましょう」

まぁ、お金は駄目だとペイシェンスが前に騒いだし、食料品はいつももらっているからね。

「お母様、ペイシェンスはリチャード兄上の卒業にインスパイアされて『別れの曲』という素晴らしい曲を作りましたのよ」

これから中等科の授業についての質問が来そうだと察知したマーガレット王女は逃げの手を打った。

「まぁ、それはぜひとも聞きたいわ」

私はハノンで『別れの曲』を弾いたよ。ズルしている気分になったけど、この曲は素晴らしいよね。

「とても素敵ですわ。ペイシェンスの年がもう二歳上でしたら音楽会で弾いてほしいぐらいよ」

褒めていただいたのは嬉しいけど、私は俗な女なので何をもらえるのか意識がそっちに行っていた。

王宮の馬車で屋敷まで送ってもらう。今回はシャーロット女官も一緒だ。何かあるのかな？

「シャーロット様、王立学園の家政コースにも変革の波がやっと届きつつあるのです。文官コースも変化した科目とそのままの科目があるのですよ」

シャーロット女官は驚いて喜ぶ。

「それは良いですわね。家政コースは社交界デビューされる令嬢を甘やかす為のコースになり下がっていましたもの」

シャーロット女官が何を王妃様に託されたのか気になるけど、それを聞いても答えてはもらえないのは確実だからね。王宮から屋敷までもそんなにかからない。まぁ、馬のレンタル代が一回浮いたのはありがたいね。

ゾフィーはいつものように籠二つをワイヤットに渡した。そしてシャーロット女官は王妃様からの手紙をグレンジャー子爵にとワイヤットに渡す。その手紙、とっても気になるけど、父親宛だから読めない。残念！

さぁ、私は元気の元を抱きしめる。弟たち《エンジェル》は下級回復薬より効くね。胃の痛みも和らいだよ。

「お姉様、元気がないようですが、大丈夫ですか？」

ああ、ナシウス。優しさが沁《し》みるよ。

「中等科になって慣れない授業が多いから少し疲れただけです。それよりもっとお顔を見せて」

どさくさに紛れて二回目のキスをしちゃった。うん、かなり回復したよ。

「日曜の乗馬訓練は一緒にできますか？」

うっ、ヘンリーの期待に満ちた目には逆らえない。

「ええ、今日と明日、ゆっくりすれば大丈夫ですよ」乗馬なんてしたくないけど、ナシウスとヘンリーの乗馬訓練は見たいよ。私はちょこっと乗って誤魔化そう。

「やったぁ。父上も一緒だと嬉しいな」

あっ、父親も被害を受けているんだね。まぁ、書斎に籠もりっきりは健康に良くないよ。ヘンリーにも二回目のキスしておこう。

ワイヤットとは話し合いたいことがいっぱいあるけど、まずは弟たちと子ども部屋に向かう。いなかった一週間の間の話をしなきゃね。

「ちゃんと父上が勉強を見て下さっています。一年の教科書をかなり進めましたよ。それに風の魔法も使えるようになりました」

うん、ナシウスは大丈夫そうだ。

「そうだ！　サリエス卿《きょう》が明日来られるんですよ。お姉様がいられる時に来たいと言われたのです」

ヘンリーは可愛いし、サリエス卿も好きだけど、何故、私がいる時に来られるのかな？

こんな時は少し頼りないから、ナシウスに聞こう。

「ナシウス、何かサリエス卿は私に御用なのかしら？」

ナシウスはヘンリーに「余計なことを言うな！」と叱ったが、私の請求する目に負けた。

お姉ちゃんに内緒事なんて駄目だよ。

「サリエス卿は学園の騎士クラブについて何かお姉様に聞きたいと言われていました。お姉様は音楽クラブなのに変ですよね」

なんとなく嫌な予感がするよ。でも、今は楽しい話をしよう。

「貴方たちの従兄弟のサミュエルも音楽クラブに入ったのよ。ナシウスは何か入りたいクラブはある？　クラブ案内の冊子はあげたでしょ」

ナシウスは少し悩んでいるみたい。

「私は、お姉様ほど音楽は好きではありませんし、読書クラブに入ろうかと思っています」

本の虫のナシウスにピッタリだね。

「私は騎士クラブに入りたいです！」

うん、ヘンリーもピッタリだよ。でも、その騎士クラブ、今はどうやら問題ありなんだよ。ヘンリーが入学するのは三年後だから、それまでには真っ当になっていてほしいな。

それから縄跳びをして遊んだ。はぁはぁ、キース王子に亀よりのろいなんて口にさせないぞ。

「お姉様、大丈夫ですか？」

ナシウス、そんなに心配そうな顔をしなくても……大丈夫ではなかった。

私は気絶したみたい。初体験なのに覚えてないよ。

「お嬢様、気がつかれましたか？」

メアリーにも心配かけたみたいだ。

「ええ、もう平気よ。そうだわ、鞄《かばん》の中の瓶を取ってちょうだい」

下級回復薬を飲むと身体がシャンとした。

「まぁ、それは回復薬ではないですか？　そんな高価な物を……もしかして王妃様から頂《いただ》かれたのですか？」

えっ、回復薬ってそんなに高価なの？　飲まなきゃ良かったかも。

「いいえ、これは私が薬学で作った下級回復薬よ。先生が騎士コースに売るか、持って帰って常備薬にして良いと言われたから、飲んでも安心よ」

メアリーったら、私が作ったと聞いて真っ青になり、先生の許可があると知って深い息を吐いたのだ。もっと信用してよ。プンプン。

「あと一本はワイヤットに預けておくわ。家族や使用人が風邪をひいたりした時は飲んでね。薬学でいっぱい作るから、遠慮なく飲むのよ」

夕食まではベッドで休む。内職も今日はやめておくよ。マーガレット王女の学友と揉《も》めた件がかなり堪《こた》えているようだ。いつの間にか眠っていた。

「お嬢様、夕食はどうされますか？　体調が優れないようなら、ベッドにお運びします」

少し寝たらスッキリした。それにいつも一人で夕食を食べるなんて父親も寂しいだろう。

「いえ、着替えるわ。手伝って」

転生した時みたいな寒いレースのドレスではない。シャーロット伯母様にもらった絹の生地で作ったドレスだ。

「お嬢様、とてもお似合いですわ」

うん、ペイシェンスも可愛くなったよ。痩せているけど、ガリガリじゃない。頬も少しふっくらしてきているから、目もギョロっとしてない。そう、なかなか良い感じなんだよ。嬉しいな。

私が食堂に入ると父親が立ち上がって出迎えてくれる。礼儀正しいのは嬉しいよ。

私は夕食中、王妃様からの手紙はなんだったのか聞きたくて仕方なかったけど、父親が言い出さない限りは我慢するしかない。マナーも身についてきたでしょ。その代わり、中等科のコースについて話す。これはマナー的にも大丈夫。

「そうか、三コースに跨がっているのは大変だな。王立学園を卒業するには一コースの単位があれば十分だ。どれか一コースに決めて、あとは興味がある科目を好きに学べば良い」

確かにその通りだ。なんとなく二コース取らないといけない気がしていた。

「私は文官コースを取るつもりでしたし、それで卒業したいです。家政コースもほぼ卒業できる単位は取れそうですが、これから魔法使いコースの興味がある科目が増えたら、染色、織物、習字、刺繍以外は外しても良いですわ」

それでも心配そうな父親に「ダンス、美容、料理の修了証書をもらったし、マナーと刺繍と錬金術と薬学は飛び級したの」と言ったら呆れられた。

「ユリアンヌも優秀だったが、ペイシェンスは特別だな。ビクトリア王妃様も褒めていらしたぞ」

なんて書いてあったのか聞きたいよ。

「そうですか、嬉しいです」とお淑やかに答えておく。

それから文官コースや家政コースの一部に変革の波が来ていることを話した。

「そうか、それは素晴らしいことだ。変革の混乱はあるだろうし、全ての科目が変革されていないのは残念だが、少しずつでも良い方に進んでいるのは喜ばしい」

とても嬉しそうだ。なんか胸が熱くなったよ。

デザートは梨のコンポートに生クリームを泡立てて付けてあった。そして、私にはローズヒップティー。今日は気絶したから、夜のカフェインは控えておくことを伝えておいたのだ。

一週間ぶりの家で骨休めして、履修届をゆっくりと考えようと思っていた。料理も修了証書をもらったから、また変更しなくてはいけないんだもん。

第六章　新たな問題？

土曜の午前中はナシウスとヘンリーに絵を描かせたり、ダンスやハノンの練習をさせたりして過ごした。

「さぁ、お勉強はこれまでよ。温室の苺を見に行きましょう」

まだ実を付けるほどは大きくなっていない。少し後押しをしておこう。

「早く苺が食べたいな」

ヘンリー少し待ってね。

私は薔薇の成長も促しておく。こうやって弟たちと過ごしていると、本当に心が安らぐよ。

お昼も栄養たっぷりになっている。ロマノ菜のスープ、柔らかなパン、そしてハンバーグステーキ。うん、少ない肉をカサ増しできるからグレンジャー家の定番メニューになっている。

昨夜も父親から王妃様の手紙については、私を褒めていたことしか聞いてない。でも、何か謝罪の物をと言われていたのに変だよね。もしかして、リリアナ伯母様みたいに小切手が入っていたの？　それは違う気がする。尋ねたいけど、ペイシェンスに聞かなくても駄目とわかる。まぁ、そのうち教えてくれるでしょう。

今日はサリエス卿が弟たちに剣術指南に来てくれる。昨日、王妃様から卵やバターや砂糖などをたっぷりともらったから、感謝を込めてパウンドケーキをエバに焼いてもらう。それと卵サンドイッチもね。マヨネーズの作り方もエバに教えてある。

これでサリエス卿のもてなしの用意も万全だ。私は応接室で新曲を弾こう。ショパンって本当にピアノの天才だよね。さて、何にしようかな?

思い出しながら『子猫のワルツ』『英雄ポロネーズ』『マズルカ』『舟歌』『ノクターン』などを弾いてみる。メロディラインは覚えているけど、伴奏パートはかなり忘れているので、譜面を起こすには苦労しそうだ。

「お嬢様、サリエス卿とパーシバル・モラン様がいらしています」

あれ？　サリエス卿だけではないんだ。誰か第一騎士団の友達でも連れてきたのかな？すっかり青葉祭で女学生たちが騒いでいた騎士クラブの男子のことなんか忘れていたけど、顔を見て思い出した。

「ペイシェンス、こちらは私の従兄弟のパーシバル・モラン。モラン伯爵家には父の妹が嫁いだのだ。それに先代の伯爵夫人はグレンジャー家から嫁いだ方だから、再従兄弟《またいとこ》になるな」

パーシバルは礼儀正しく礼をした。でも、いきなり訪問するのはマナー違反だよね。

「グレンジャー子爵、ペイシェンス様、申し訳ありません。サリエス卿がグレンジャー家に剣術指南に来られると聞いて一緒についてきてしまいました」

「いや、サリエス卿もパーシバル様もわざわざ剣術指南に来ていただき、感謝する」

父親は礼を言うと書斎に籠もる。

私はかなり驚いたけど、剣術指南が二人になってナシウスやヘンリーは喜んでいる。騎士クラブが何か問題を抱えているのは気づいているけど、私は音楽クラブだよ。関係ないんじゃないかな？

「それにしてもパーシバル様は綺麗な顔をしているわね」

私の好みからするとちょっとだけ成長しすぎだけどね。私は一生懸命に剣を振っているナシウスやヘンリーがどストライクのショタだよ。

寒いから練習の見学は少しだけにして、部屋に戻って履修届を書く。あのカスバート先生は頼りにならないから、必須科目の取り落としがないか、選択科目の単位数も足りているか、自分で二重チェックする。やはり薬学Ⅱは空き時間になかったから、マキアス先生のお言葉に甘えて薬学Ⅰの時間に入れておく。

月曜　外交学　世界史　錬金術Ⅱ　薬草学
火曜　地理　外国語　裁縫　織物
水曜　経営学　魔法陣　薬学Ⅱ　刺繍Ⅱ

木曜　行政　？　習字　染色
金曜　法律　経済学　マナーⅡ　？

「外交学、世界史、地理は一度も授業を受けずに取るのよね。ルパート先輩のお勧めを信じるしかないわ。必須の裁縫もサボったし、薬草学も受けてない。うん、かなり行き当たりばったりだわ」

まぁそれでも決まってホッとする。

「そろそろ練習も終わる頃ね」

下に下りると弟たちとサリエス卿とパーシバルが屋敷に入ってきた。

「ありがとうございました」

弟たちが礼を言っている。

「サリエス卿、パーシバル様、ありがとうございます。お茶でもいかがですか？」

弟たちも一緒に食べてほしい気分だけど、一〇歳の壁は大きい。異世界では一〇歳までの子どもはお客様と一緒にお茶なんかしない。

にこやかにお茶を勧めるが、内心ではパーシバルが何しにやってきたのかドキドキしていた。卵サンドイッチも勧めるよ。

「おや、このサンドイッチは美味しいな」

気持ちいいほどの食べっぷりだね。子ども部屋にもサンドイッチを出しているからナシウスとヘンリーも食べてね。でも、サンドイッチはあっという間にサリエス卿とパーシバルのお腹に消えた。

「ペイシェンス、ここにパーシバルを連れてきたのを不審に思っているだろう」

サリエス卿は真っ直ぐな性格だ。でもそんな直球は返事に困るよ。

「さぁ、パウンドケーキを一切れどうぞ」と話を逸《そ》らす。だって碌な話じゃなさそうなんだもん。

二人共、勧められて仕方なくパウンドケーキを一口食べる。わかるよ、異世界のケーキは砂糖ジャリジャリだからね。

「あれ、美味しい！」

サリエス卿は本当に正直だね。

「さぁ、もう一切れどうぞ。それにパウンドケーキはアマリア伯母様にお土産がありますからお持ち下さい。王妃様のシェフからもらったレシピで作らせましたの」

サリエス卿が二切れ、そしてパーシバルが一切れ食べると、フォークを置いた。ああ、これ以上は延ばせないね。

「ペイシェンス、今日は騎士クラブについて話したくてパーシバルを連れてきたのだ。何か騎士クラブについての噂を聞いてないか？」

サリエス卿の実直さと真剣なパーシバルの青い目に負けたよ。

「魔法クラブと乗馬クラブが騎士クラブの下位クラブ化しているとの噂を聞きましたわ。でも、私は音楽クラブですし、詳しくはありませんの」

サリエス卿が苦々しい顔をした。パーシバルはギュッと拳を握りしめて怒りを抑えている。あっ、少し萌えるよ。一四歳はセーフかも。ショタの守備範囲は広いね。

「何故、ここに来られたのですか？　私は騎士クラブではないのに」

パーシバルは重い口を開く。

「エリック部長が卒業されて、ハモンド部長になってから騎士クラブがおかしくなったのだ。初めは魔法クラブが練習に参加したことだ。それは良いことに思えた。攻撃の連携にもなるし、治療もしてもらえるから」

それはそうだろうね。騎士クラブにとっては悪いことではない。魔法クラブは迷惑だと感じる学生もいるだろうね。ブライスとかさ。

「それだけじゃないだろ。パーシバル話せよ」

乗馬クラブの件かな？

「ハモンド部長は、今年の青葉祭に初等科も出すつもりだと仰るのだ。初等科の学生はまだ身体ができてないから、参加させないと決まっているのに……キース王子におもねっているように感じる」

あっ、もしかしてそこを聞きたくて家に来たの？　そんなの知らないよ。

「私はそんなこと、全く知りませんわ」

でも、パーシバルは言いつのる。

「キース王子といつも昼食を一緒に食べているだろ。何か聞いていないかと思ったのだ。それとキース王子は騎士クラブについて何か話していなかったか？」

「そんなことは一言も聞いていません。私は魔法コースで魔法クラブの活動が最近変だと聞きました。それと今年入学した従兄弟のサミュエルが、乗馬クラブは騎士クラブの馬の面倒まで見させられるから入部しないことにしたと聞いただけです」

それを聞いてサリエス卿が怒った。

「騎士が自分の馬の世話もしないとは何事だ！　弛《たる》んどる！　よし、パーシバル。騎士たちを集めるぞ。ハモンドたちの根性を叩き直してやる！」

なんか大騒ぎになりそうだ。

「サリエス卿、少し落ち着きになって。音楽クラブのアルバート部長も今度の部長会議で議題に上げると言われていましたわ。卒業された方が口を出しては問題を大きくしてしまいます。学生会に任せた方が良いです」

サリエス卿は気まずそうに椅子に座り直した。さぁ、もう一杯とお茶を勧める。頭を冷やしてもらわないとね。

「魔法クラブとの練習を変更するのは私が手を回します。変だと感じている騎士クラブメ

ンバーも多いですから。それと乗馬クラブの件は私も知りませんでした。馬の世話は初等科がしていますから。これもクラブで話し合います。私と同じく知らないメンバーも多いと思います」

つまり問題は青葉祭だ。キース王子、去年は出たがってリチャード王子に頼んでいたもんね。ハモンド部長は知っていたはずだ。

「青葉祭の試合の件は部長の権限ではないのですか？　去年、リチャード王子がそう言っておられましたわ」

二人は黙り込んだ。そのハモンド部長がキース王子のご機嫌取りをしているのだ。

「ペイシェンスからキース王子に言う、なんてできないよな」

無理！　と首を横に振る。

「リチャード王子に相談してみてはいかがでしょう」

名案だけど、誰がリチャード王子に言うかだ。

「誰かロマノ大学に知り合いはいないか？　私は年が離れすぎている」

パーシバルは腕を組んで唸《うな》っていたが、ハッと顔を上げる。

「従兄弟のミッシェルがロマノ大学の三年にいる。彼に話してもらおう」

「ミッシェル・オーエンか。奴なら私も知っている」

「ペイシェンス、ありがとう。ではな！」

「ペイシェンス様、ありがとうございます。失礼いたします」

嵐のように二人は立ち去った。伯母様へのお土産をワイヤットが慌てて渡している。うん、家に来る前に従兄弟のミッシェルとかに会いに行けば良かったんだよ。やれやれ。

日曜は午後から馬術教師が来る。私は来年、ジェーン王女が乗馬クラブに入るまでにちゃんとなっていたら良いなと思う。

そう、苦手な乗馬だから気を逸らしているんです。

「そうだわ。ワイヤットにマシューの賃金を聞かなきゃ」

経営学と経済学の課題の為には賃金を知らないといけない。

「ワイヤット、少し良いかしら?」

今回はなんの用かはわからないはずだよ。

「お嬢様、何かご用でしょうか?」

やはり知らない。なんか勝った気分だ。

「今年の経営学では一〇ロームで事業を立ち上げなくてはいけないの。それで賃金を知らないと人件費が計上できないの。それでマシューの賃金が知りたいのよ」

ワイヤットが少し考え込んだ。

「マシューはまだ下男の見習いです。だから賃金はとても安いですよ。一〇〇チームです」

「ええっと、それは週給なの？」

違うんだね。そっか、異世界は人件費安いんだ。まぁ、衣食住は込みだけど安すぎない？　それともグレンジャー家が貧乏だから？　なんて思ったのがワイヤットに伝わったみたい。

「お嬢様、これは一般的な賃金です。それに地方ではもっと安いですよ。見習いは衣食住をみるだけで十分だと考える雇い主も多いです。見習いを終え一人前になって賃金がもらえるのです」

美容の時間で会ったキャリーとミミも安い賃金で働くのかな？　異世界に来てから、貧しいグレンジャー家の生活を改善することに熱中していたが、少しだけど良くなった。そっか、もしミミに転生していたら、グレンジャー家どころじゃなかったかも。それに学園に通ったりもできなかったのだ。キツイね。因《ちな》みに下男のジョージの賃金は五ロームだった。これで生活はできないよね？　それともできるの？

午前中は弟たちと過ごす。縄跳びや竹馬（木製）もするし、お手玉やリバーシもして遊ぶ。勉強面は父親に任せて大丈夫そうなんだもん。少しは遊ばないとね！

午後からは馬術教師が来た。父親は忙しいとかで不参加だ。免職中なのに何が忙しいのかわからないよ。ヘンリーは乗りこなしている。ナシウスもだよ。

「今度からは障害物を跳ぶ練習もしましょう」

そんなの危険じゃないのかしら？　心配だけど、二人は喜んでいる。私？　私は少しだけ乗ったよ。金曜に倒れたからね。嘘ジャナイヨ。

「アンジェラ様の乗馬は上達されていますか？」

従姪《いとこめい》は大人しそうだったので心配だから尋ねてみる。

「アンジェラ様は頑張っておられます」と乗馬教師は答えたが、そのニュアンスでは乗馬を楽しんでいるとは感じない。やはり音楽の方が向いていそうだ。でも母親のラシーヌに任せるしかないのだ。

乗馬教師が帰ったら、もう学園に行く時間だ。私はシャーロット伯母様にもらった絹でドレスを作った時にできた切れ端を持って寮に行く。

「そんな切れ端をどうされるのですか？」

メアリーは不思議そうだ。

「ふふふ、染色の授業で使うのよ。色々な色に染めてみたいの」

染色にはメアリーは文句を言わない。昨今の貴婦人はしないけど、少し前は染色も嗜みとされていたからだ。特に地方では一族の旗を染めて掲げたりするのが一般的だったそうだ。きっと母親のユリアンヌも染色をしていたのだろう。

寮に行って、アルバート部長にもらった二年の法律の教科書を読んでいたら、マーガレット王女が来られたとゾフィーが教えてくれた。

「マーガレット様、何かご用はありませんか？」

お疲れのマーガレット王女は、ゾフィーに紅茶を淹れさせる。

「ここに座りなさい。この土日は本当に疲れたわ。お母様に習字と刺繍を取ったのは褒められたの。そこまでは良かったのだけど、裁縫や料理の授業が変わったと愚痴ったら凄く叱られたのよ。寮に来られてホッとしていたところなの」

お茶を淹れたゾフィーを帰すと、二人で履修届の最終チェックをする。

「ペイシェンス、貴女はどこへ向かっているのかしら？　錬金術に魔法陣、その上、薬学に薬草学。魔法使いコースに変更するつもりなの？」と呆れられた。うん、私もカオスだと思うよ。

「興味がある科目を取ったらこんなことになってしまったのです」

その後は「疲れたから新曲を弾いて」と言われた。

「まだ譜面を書けるほどは練っていませんが、それで良ければ」と断ってから『子猫のワルツ』『ノクターン』を弾く。

「まぁ、素晴らしいわ。早く譜面にしてね。青葉祭には『別れの曲』を弾くつもりなの。でも『ノクターン』も良いわね」

マーガレット王女も新曲を作っている最中だと聞かせてくれる。

「とても元気が出る曲ですわ」

マーガレット王女も嬉しそうだ。

「そうでしょ。『若人の歌』と名付けたの。これと『別れの曲』なら良い組み合わせになると思うのよ。でも、さっきの『ノクターン』も捨てがたいわ」

なんて話に熱中して、騎士クラブのゴタゴタなんか忘れていた。

月曜はホームルームで履修届を提出しなくてはいけない。でも、マーガレット王女も私も何回もチェックしたから大丈夫だ。

「おはよう。では履修届を出してくれ」

うん、カスバート先生は本当に担任としてどうかと思うよ。ケプナー先生なら質問を受けつけてくれたりフォローしてくれたりしていたと思うもの。

何人かは初めて履修届を書くから不安そうだ。

「カスバート先生、もし必須科目を取り忘れていたらどうなるのですか？」

フィリップスが質問する。経営学や経済学でも質問していたね。積極的にわからないことは聞くタイプなんだ。

「必須科目を取り忘れたら、留年だな。まぁ、そんなことはないだろう」

Aクラスに溜息が満ちた。この先生は駄目だ。脳筋だよ。

「ペイシェンス、どのコマの錬金術と魔法陣と薬草学と薬学を取ったのだ？」

ベンジャミンが私の履修届を覗き込む。

「おお、同じコマだ。よろしくな！　あれっ、同じコマなのに薬学Ⅱなのか？」

文官コースの男子学生から変な視線を感じるよ。魔法使いコースは変人扱いなのかな？

「ええ、マキアス先生が空き時間に薬学Ⅱが入らなかったら、薬学Ⅰの時間でも良いと言われたのです」

ベンジャミンが「へぇ、あのマキアス先生がなぁ」と首を捻っていると、ブライスがやってきた。

「ベンジャミンと同じコマってことは、錬金術以外は一緒だな。よろしくお願いしておくよ」

ブライスも飛び級した錬金術以外は一緒なんだね。ここまでは友好的で楽しかったんだ。それなのにやはりアンドリューが加わると喧嘩になる。

「ベンジャミンとブライスは同じ授業を取ったのか？　私とは相談してくれないのか」

男子でもつるみたいんだね。

「何故、お前と一緒の授業じゃないといけないのだ」

ベンジャミンってアンドリューに喧嘩を売るのが上手いね。褒めてないよ。

「アンドリューも一緒の授業にするかい？」

ブライスは優しいけど、ベンジャミンとアンドリューの間で苦労しそう。

私は写す、写させないと揉めている三人から離れる。そしたらフィリップスに捕まった。

「ペイシェンス嬢は何を取ったのですか？」

あの謝罪からフィリップスは私を「嬢」呼びする。くすぐったいよ。

「私は音楽クラブの先輩のお勧めの授業を取ることにしたのです。でも、世界史、地理、外交学は授業を受けていませんから、少し不安です」

私の履修届を見て、フィリップスは笑った。

「見事に面白い授業をする先生ばかり選ばれていますね。つまり私も取っています。世界史も地理も外交学も有益だし面白いですよ」

良かった。面白い授業なんだね。ホッとする。

「それにしても、ペイシェンス嬢はなんのコースを選択されているのかわかりませんね」

「そうなのです」少し恥ずかしいよ。欲張りみたいだもの。

「ほら、履修届を出せ」

皆がお互いの取った授業を教え合ったり、チェックをしたりしているのを見ていたカスバート先生が大きな声を出す。本当は担任がチェックしても良いんじゃないかな？

でも、全員が出したよ。出さないと留年だからね。

「結局、ペイシェンスとは外国語と裁縫と習字しか一緒に授業を受けられないのね。マナーは頑張って飛び級するわ」

マーガレット王女とは昼食までいっとき別れる。月曜は受けていない授業がいっぱいだ。

月曜は外交学、世界史、錬金術Ⅱ、薬草学だ。正式に中等科が始まる。

「ペイシェンス嬢、一緒に外交学の教室に行きましょう」

フィリップスが誘ってくれる。

「ありがとうございます。外交学は初めてですので嬉しいですわ」

教室も知らないので、フィリップスの親切がありがたい。それに前みたいに教室に入ってもアゲンストな風は感じない。皆、私の存在に慣れたのだろう。

外交学の先生は少し気取った話し方だ。

「おや、初めて授業で見る顔もいますね。ではもう一度名乗っておきましょう。外交学を教えるオリバー・フォッチナーです」

ルパート先輩のお勧めの授業だけあって、面白い。そして外国の諸事情を初めて知って楽しい。これはありだよ。その上ディスカッションもあるそうだ。

「少し勉強したら、自国と相手国に分かれて通商条約について議論してもらいます。勿論、勝ち負けは関係ありませんが、今まで勉強したことを活かせないと減点になります。おや、心配しなくても大丈夫ですよ。議論の前にチーム分けして調べる時間は与えますからね」

なんだかワクワクするね。授業が終わっても教室移動をしなくて良かった。次の世界史も同じ教室だったのだ。

「ペイシェンス嬢、外交学はどうでしたか？　一回目のノートが必要なら写しますか？」

フィリップスはとても親切だ。

「ありがとうございます。そうさせていただければありがたいです」

ノートまで写させてもらったよ。ラッキー。

「写すのが早いですね。それに字も綺麗だ。世界史の一回目もついでに写しますか？」

あれっ、フィリップスって親切すぎない？　まぁ、ありがたく写させてもらうけどね。

「おい、フィリップス。ペイシェンスを囲い込むつもりか？」

外野がうるさくなったけど、急いで写す。

「ラッセル、一回目の授業を取っていなかったクラスメイトにノートを写させてあげているだけさ」

「そんなに親切とは知らなかったな。私は君にノートを見せてもらったことなんか、初等科の三年間一度もないよ」

ラッセルも見たことのある学生だ。経営学や経済学も一緒だね。

「フィリップス様、ありがとうございます」とノートを返す。

「ペイシェンス、私と一緒のチームにならないか？」

ラッセルから外交学のチームに誘われたよ。

「チーム分けはフォッチナー先生がされるのではないですか？」

「自主性を重んじられるさ。チームに入っていない学生はランダムに振り分けられるだろうけどね」

そんなものなのかな？　知らない学生と一緒より、同じクラスの学生の方が気楽かもしれない。

「ええ、ラッセル様、お誘いありがとうございます」

「では私もラッセルと同じチームにしよう」

フィリップスも参加したと思ったら、次々と参加する学生が増えていく。うん、積極的に質問するフィリップスは成績優秀そうだもの。同じチームは有利だよね。

「もう、ここまでで打ち切りだ。半数を超えるのはまずいからな」

私は中等科一年Aクラスの勢力図を知らない。初等科一年の時はキース王子という輝けるリーダーがいて、その側近にラルフとヒューゴ。そして女子リーダーはルイーズだった。

中等科になるとコースが分かれる。それでも女子リーダーはマーガレット王女だ。ほとんどの女学生は家政コースだしね。魔法使いコースはベンジャミンだ。そしてブライスが側にいて、アンドリューがナンバー二かな？　文官コースは二リーダーかも。授業中発言の多いフィリップスと休憩時間に仲間と楽しそうなラッセルだ。騎士コースに知り合いはいないからわからないよ。なんて考えているうちに世界史の時間だ。

「世界史のドナルド・アウストだ。この前の授業では、文明の発生について話したが、受けていない学生は教科書を読んでおくように。まぁ、原始的な生活からやっと村を作り、都市国家を作り出すところまでだから、ざっくりとした内容だ。今日から世界史が始まるといっても良い。さぁ、教科書のカザリア帝国の誕生のページを開きなさい」

この先生の授業はわかりやすい。そして雑談も楽しい。私は家の図書室で歴史の本も何冊か読んでいる。カザリア帝国はまるで前世のローマ帝国みたいだ。その当時ローレンス王国は蛮族が支配する僻地《へきち》だったみたいだね。うん、前世のバルバリだ。

その当時の宗教は多神教で、カザリア帝国の衰退時期にエステナ教が発生し、最初は弾圧されたのも一緒だね。それなのにいつの間にかエステナ教が国教となった。

これは魔法が大きく関係している。エステナ教会は人々に魔法を広めたのだ。前から魔法を使える人はいたけど、英雄とか大魔法使いで、普通の人で使える人は少なかったみたい。英雄物語もいっぱいあるけど、山を動かしたり、海を切り裂いたり、ドラゴンを退治したり、本当かどうかわからない。

ざっと世界史の流れは予習済みだよ。帝国が衰退すると、何か国かに分裂して、そこから長い長い戦国時代を経て今に至るんだよね。戦国時代に転生しなくて良かったよ。生活魔法じゃ、すぐに殺されちゃいそうだもんね。

「次の授業では、カザリア帝国の初期、帝国を発展させた四賢帝について調べてきてもらうぞ。そうだな、窓際に座っている学生は一賢帝のフラピオ。次の列は二賢帝のバブリス。真ん中の列と隣の列は三賢帝のルキウス。廊下側の席は四賢帝のマキシムだ」

私は二賢帝のバブリスだ。確か家に本があったはずだけど、図書館でも調べておこう。

「私は一賢帝のフラピオです。二賢帝のバブリスは資料が少ないかもしれませんよ。ラッセルの三賢帝のルキウスは有名だからラッキーだな」

フィリップスに心配されたけど、なんとかなるよ。

「調べられるだけ調べてみますわ」

この授業の半数はAクラスの学生なので、上級食堂《サロン》に一緒に移動する。なるほどね、何故マーガレット王女が必須科目の授業をAクラスのにしたのか、なんとなく理解できる。一人じゃないからだ。

文官コースは学者肌の学生も多くて穏やかで良いな。昼からの錬金術Ⅱは少し不安だよ。まぁ、ベンジャミンが一緒なのは少しだけ心強いかな。

昼食は普段通りだ。まだ騎士クラブは問題が表に出ていないみたい。パーシバルがメンバーたちと話し合っているのだろう。あまり揉めないでほしいな。キース王子が巻き込まれると嫌だから。なんて思っていたら、マーガレット王女が余計なことを言い出した。

「ペイシェンスはいつからフィリップスと仲良くなったの。ペイシェンス嬢なんて敬愛されているのね。普通の学生は呼び捨てか様付けよ」

やはり嬢付けは目立つんだ。

「そうなのですか、この前の経済学で私にフィリップス様が謝罪された時から嬢付けになったのです。なんだかくすぐったい気分になるからやめてほしいですわ」

マーガレット王女に呆れられる。

「経済学で謝罪されるようなことがあったの？　何があったのかしら？」

「経済学の時間に経営学の課題で、一〇ローム金貨で事業を起こすというものを出されていることが話題になりました。そこで私が家の温室を使っても良いかと先生に質問して許可をもらったら、フィリップス様に一〇ロームではガラスの修繕費にもならないと指摘されたのです。でも、私は生活魔法で修繕できるから費用は要らないと言ったのに信じてもらえなくて、それで黒板のヒビを修繕したら、謝罪して下さったのです」

「まぁ、ペイシェンスの言葉を疑った謝罪なのね。それなら嬢付けもありかもしれないわ。あのプライドの高いフィリップスが貴女にぞっこんなのね」

横の席のキース王子たちが聞き耳を立てている。変な表現はやめてほしいよ。

「それにベンジャミンやブライスやアンドリューとも仲良くしているみたいね。ベンジャミンは変人だけど、勉強はできるのよ。貴女には敵わないでしょうが、必須科目のほとんどは修了証書をもらっているはずよ。そう、キースと同じで古典がネックで学年飛び級が無理なのよ」

「そうなのですね。午後の錬金術Ⅱで一緒なので心強いですわ。でも、あの方は錬金術クラブへの勧誘が激しいのが困りますけどね。廃部を免れたいみたいですわ」

横で聞いていたキース王子が口を挟む。

「そうか、前にも聞いたが、錬金術を飛び級したのだな。それは魔法使いコースでもないのに難しいと思うのだが」

「ええ、でもそれはキューブリック先生が錬金術のことをもっと知ってほしいと願われたからです。錬金術Ⅰは組み立てがメインで、材料も用意されているのです。錬金術Ⅱは材料を作るところから学べるので、不安なような楽しみのような」

あっ、またキース王子が『お前は変な女だ』と言いそうだと失言レーダーが作動した。

「それにしても、文官コースはそのような課題があるとは面白そうですね」

ラルフ、ナイスだ。うん、一年前の私を見ている気がするよ。リチャード王子の前でキース王子が失言しては気を逸らしていたんだ。あっ、失言を先に止めているからラルフの方が優れているね。グッジョブ！

「キース王子、本当に騎士コースと文官コースの両方を取るおつもりですか？」

おっ、ヒューゴも話を逸らすのが上手くなったね。座布団一枚あげよう。

「当たり前だ。リチャード兄上も両方取られたのだ」

そこからは本当に騎士コースと文官コースを取るなら修了証書を少しでも多く取らなくては！　という話になった。やれやれ。


午後からは錬金術Ⅱだ。なんとなく魔法使いコースのエリアは怪しい雰囲気だ。この雰囲気は前世のホラー映画に似ている。ワザと怪しさを演出している感じだ。このノリにはついていけないな、なんて考えていたらベンジャミンに声をかけられた。うん、獅子丸だ。金髪が逆立っている。そうだね、メタルバンドのドラムにいそうなタイプ。朝、ホームルームの時はここまで逆立ってなかった。凄い癖毛なのか、掻《か》きむしる癖があるのかな？

「ペイシェンス、錬金術Ⅱはこの教室だぞ」

中は薬学の教室みたいに中テーブルが設置してあり、後ろには窯がある。

「ここに座れよ」

ポンポンと窓際の一番後ろのテーブルの横の椅子を叩く。やはり、ベンジャミンの指定席みたいだ。

「ベンジャミン様は錬金術に慣れておられるのですよね。私は少し不安ですわ」

ベンジャミンはガハハと笑う。

「まぁ、錬金術クラブなのに慣れてなかったら困るさ。でも、薬学は難しい。私は火がメインだからな。ほんの少し土も使えるが、薬学は水が有利そうだ。ペイシェンスは、下級回復薬は合格をもらったのだろう。今度、コツを教えてくれないか？」

錬金術を教えてもらえるなら、それも良いだろう。

「ええ、私のわかる範囲なら良いですよ」

二人で教え合おうと話していたら、ブライスとアンドリューが羨ましそうに廊下から見ている。

「良いなぁ。私も薬学は下級回復薬の合格がもらえなかったんだ。私にも教えてくれないか？」

教室に入ってきて素直に教えてほしいと頼むブライスはまだ良いけど、アンドリューは拗らせ男子だ。廊下からブライスの側まで走ってきて叫ぶ。

「ブライス、私と一緒に切磋琢磨《せっさたくま》しようと誓ったのを忘れたのか！」

あれっ、ＢＬ展開ですか？　美少年好みの私ですが、一四歳はギリギリセーフですよ。ドキドキしていたけど、どうも違うみたい。

「アンドリュー、誤解されるような言い方はやめてくれ。それは魔法クラブに入った時に『一緒に頑張ろう！』と言っただけだ」

あれ、ここは錬金術Ⅱの教室だよね？

「お前ら、錬金術は飛び級できてないのに、何故ここにいるんだ？」

やっぱりそうだよね。

「そうだ、ブライス。こんな所にいてはいけない。魔法制御の授業に遅れるぞ」

アンドリューに引っ張られてブライスも出ていった。なんだったんだろうね？

「アイツら変わっているな」

まぁ、その通りだけど、獅子丸《ベンジャミン》も変わっているよ。

「錬金術Ⅱを教えるロビン・キューブリックだ」

魔法陣と錬金術はこの先生しかいないのかな？

「春学期は、自分で一から魔法灯を作ってもらうぞ。まぁ、錬金術Ⅰで作ったから、どんな物かは知っているだろう。灯の魔法陣は教科書に描いてあるから、それを描いてくれ。それと、魔法灯の基礎やカバーやスイッチも自分で作るんだぞ。では、教科書をザッと説明する」

エネルギッシュな説明だが、サッと終わった。

「こんな説明より実際にやった方が早い。初めに魔法陣を描いても良いし、基礎やカバーを作っても良い。錬金術師は個性が大切だからな」

クラスが騒つく。作り方をもう少し丁寧に指導してほしい。

「ペイシェンスは魔法陣を描くのは上手かったな。なら、まずは基礎を作ろう」

魔法陣は別の授業で描く機会がある。この授業は錬金術ができるか確かめたいから取ったのだ。

「ええ、お願いします」

窯に行くのかな？　と思ったが、まずは魔法灯のデザインを描くのだと言われた。

「どんな魔法灯にするか決めてなければ、窯で基礎を作るのも、ガラス窯でカバーを作るのも無理だぞ」

確かにベンジャミンの言う通りだ。

「そうですね。あのう、錬金術Iで組み立てた魔法灯と同じデザインでなくても良いのですか？」

「当たり前だ。あれは大量生産されている魔法灯だ。あんなのをわざわざ一から作る意味はない」

そっか、なら自分の部屋に置きたい魔法灯にしよう。魔石は買えるかわからないけどね。

魔法陣とスイッチは変えられない。でも、基礎とカバーは好きなデザインで良いよね。

私は子爵令嬢の部屋に相応《ふさわ》しい花の形の魔法灯にしようと決めた。

睡蓮《すいれん》の花が開いたようなドーム形のガラスカバーにして、下の基礎は円形、そしてそこにスイッチを付ける。ガラスカバーはピンクでも可愛いかもね。

「なんだか変わった魔法灯だな。でも、まぁやってみよう」

ベンジャミンと教室の後ろに設置してある窯に行く。ベンジャミンの魔法灯のデザインは前世のデスク灯に似ていた。使いやすそうだ。

「ここの基礎部分を作るから、よく見ておけよ」

窯には金属が溶けている。これを何か形にでも流し込むのかなと思っていたが、錬金術は予想外だった。

「金属よ、我に従え！」

ええっ！　と驚いている間に、ベンジャミンが描いた魔法灯の基礎が窯の横に鎮座している。瞬き禁止だよ。早すぎてよく見えなかった。

「これが錬金術なのですね！」びっくりしたよ。前世の常識はぶっ飛んだ。

「ほら、ペイシェンスも試してみろ」

できるかな？　そんな不安を吹き飛ばし、頭に基礎部分を強く思い浮かべる。

「基礎部分を作って！」

私は自分の目が信じられなかった。スルスルと窯の中の金属から基礎部分が浮き上がり、横にストンと落ちた。

「ほら、やはりペイシェンスは錬金術クラブに入るべきなのだ」

ベンジャミンは勧誘してくるが、私はそれどころではない。

「えっ、なんで溶けている金属が形になるの？　型を作って、そこに流し込んで冷やして作るのではないの？」

私が混乱していると、キューブリック先生が得意そうに言った。

「これが錬金術なのだ！」

その後で、型枠を作ったり、それで金属を型に取ったりして大量生産するのだと説明してくれたが、私は興奮して話半分だ。

「錬金術って凄いですわ」

それからガラス窯で蓮《はす》の花のドームを作った。あいにく、半透明な白しかなかったけどね。

「スイッチも作ろうぜ」

スイッチは細かい所まで把握していないと、単なるスイッチ型の金属の塊になってしまうんだね。そう、失敗したのだ。

「ペイシェンス、もっとキチンと考えて錬金術をしないと駄目だ」

ベンジャミンに駄目出しされて、教科書のスイッチの分解図を暗記できるまで見た。

「もう大丈夫だと思います。スイッチができるように！」

スイッチができたと思う。押してみるとカチッと片方に倒れる。

「どうでしょう？」ベンジャミンに見せる。

「さて、どうかな？」

ベンジャミンがカチッカチッと動かしてみている。これで魔石を魔法陣にくっつけたり、離したりするのだ。造りは前世の懐中電灯に似ている。私のは、ルームランプだね。

「まぁ、動きはできているな。まぁ、失敗していたら点かないだけさ」

教科書の魔法陣を写しながら、ドキドキが止まらない。基礎部分に収まるように小さく描かなくてはいけないので、慎重に描き写す。

「できたなら組み立てろ。私は魔法陣を描くのが雑だと言われるから、時間がかかるんだ」

そういえば魔法陣の授業で早かったけど雑だと、描き直しをさせられていたね。

組み立ては錬金術Ⅰでやったのと同じだ。基礎に魔法陣を載せて、そこにスイッチと魔石を置く。スイッチを押すと、灯が点いた。

「あっ、点いたわ！」

スイッチがちゃんと作れているか不安だったのでホッとする。基礎部分にドーム形のガラスカバーを取りつける。ちゃんと回して取りつけられるようにイメージして作ったからピッタリだ。

「灯を点けてみろよ」

ベンジャミンに言われなくても点けてみるよ。楽しみだもの。

「わっ、綺麗！」

白いガラスのカバーの中で灯が点くと、蓮の花が開いたみたいだ。

「ペイシェンス、また飛び級する気なのか？　春学期の課題を一時間目で作ってしまうなんて困った学生だ」

飛び級はしたくない。もっと作ってみたい魔法灯がある。

「キューブリック先生、錬金術Ⅲは何を作るのですか？」

「錬金術Ⅲでは新しい魔道具を作るのだ」

あっ、それも楽しそう。

「私は他のデザインの魔法灯も作りたいのですが、新しい魔道具も作ってみたいのです」

まだ魔法陣を描いているベンジャミンが「だから、ペイシェンスは錬金術クラブに入るべきなんだよ」と口を挟む。

「そうだな、ペイシェンスは、本来は錬金術Ⅱを修了しているから飛び級するべきだ。でも、春学期ぐらいはこのままでも良いか。いや、魔法使いコースの主任のマーベリック先生に知られたら叱られるな。やはり飛び級で錬金術Ⅲだ」

色々な魔法灯のデザインが浮かんでいるのに残念だ。

がっかりしている私にキューブリック先生は片目でウィンクする。

「だが、熱心な学生が復習したいと希望するのを断るわけにはいかないな。だから、ペイシェンスは、春学期中は錬金術Ⅱで復習しても良いことにする」

やったね！　と、飛び跳ねたい気分だけど、マナー違反はしない。

「ありがとうございます」とお礼を言う。

『やったね！　これで色々な魔法灯を作れる。弟たちの部屋にも作りたいな』

錬金術Ⅲに飛び級したけど、春学期の間は錬金術Ⅱで復習しても良いとキューブリック先生の許可が出たのだ。いっぱい作るぞ！　と気合を入れる。

「あっ、錬金術Ⅲはどこか空き時間に入るかな？」

キューブリック先生は笑う。

「まぁ、入らなかったらこのままでも良いさ。ペイシェンスはいっぱい飛び級しそうだから、時間割の調整が大変そうだな」

今は金曜の四時間目は空いているけど、月に一、二度は王宮にマーガレット王女と行くから詰めたくない。あとは料理が修了証書をもらった木曜の二時間目だ。キューブリック先生に尋ねたが、錬金術Ⅲはどちらにもないそうだ。

「まぁ、秋学期にも履修登録をするから、その時に時間割を調整して錬金術Ⅲを取ったら良いさ」とキューブリック先生は軽く言う。中等科は単位制だから、春学期と秋学期で履修登録し直す学生もいるそうだ。

ベンジャミンが「そんな面倒なことをしなくても錬金術クラブなら幾らでも学べるぞ」と言っている。確かにその通りだ。

でも、音楽クラブのない放課後はマーガレット王女の側仕えとして一緒に過ごさないといけないのだ。

側仕えを辞めるつもりだったけど、続けるならちゃんとしたい。じゃないとキャサリンたちと同じだ。良いとこ取りはしたくない。

「錬金術クラブは無理なのです」

ベンジャミンが真剣な顔で尋ねる。

「何故なのだ？」

「私はマーガレット王女の側仕えなのです。放課後は音楽クラブの日以外は、マーガレット王女の側にいなくてはいけませんもの」

ベンジャミンは少し考えて笑う。

「なら、放課後以外の空いた時間に錬金術クラブに来れば良い。カエサル様はほとんど錬金術クラブで過ごしているからな」

えっ、なんだかクラブハウスに住み込んでいるように聞こえたよ。違うよね？

「少し考えてみますわ」と答えておく。だってやはり変人臭がするんだもん。

「兎に角、一度カエサル様と話してみろよ。きっと良いアイディアを出してくれるさ」

ベンジャミンは押しが強い。私はつい「そうなのですか？」と答えてしまった。

「決まったな！　放課後が無理ならいつが空いている？」

どんどん押してくる。

「木曜の昼は……」

勢いに負けたよ。マーガレット王女は木曜の昼食を料理教室で食べるから、私はフリーなのだ。

「なら上級食堂《サロン》で」と言うので「駄目です。木曜は学食でのんびり食べる予定なのです」と言ってしまった。

「そうか、なら木曜に学食で！」

これって約束しちゃったのかな？　しまったなぁと押しの強さに負けたのを反省していたら「学食って誰でも食べて良いのか？」なんてベンジャミンが聞くんだよ。お坊ちゃまめ！

「ペイシェンスも次は薬草学だな。ついてこい」

ベンジャミンも魔法灯を作り、キューブリック先生から合格をもらい飛び級した。

「飛び級は嬉しいが、私も錬金術Ⅲが入るかな？」

あれ？　確かマーガレット王女がベンジャミンも必須科目は修了証書を沢山取っていると聞いたけど？

「体育の実習が未だ合格できていない。カスバート先生は魔法使いコースの学生に厳しいのだ。不健康だと思い込んでいるのさ。それより私には古典が難関なのだ。このままでは卒業できるか不安になる。あんな滅びた科目に二コマも費やすなんて嫌だけど、仕方ない」

私の視線で疑問がわかったみたい。

「それでも空き時間が多そうですが……」

「私は魔法使いコースの選択科目を全て取っているからな。どれを取ったら良いのか迷って、面白そうだから全て取ったが……薬学が一番難しい」

薬草学はどうなんだろう？　なんて考えながら、ベンジャミンと歩いていたが、校舎を出てしまった。寒いよ。

「おっ、すぐに温室に着くから我慢しろ」

ベンジャミンは上着を脱いでかけてくれた。紳士らしい態度だね。でも、寒くないのかな？

「私は大丈夫です」と断るが、笑われた。

「今年の冬はさほど厳しくないと思うが、ペイシェンスは寒さに弱いのだな。私は北部出身だから、この程度は平気さ。それにすぐそこだ」

温室に着いたから、上着を返す。

「ありがとうございました」と私がお礼を言っていると、ブライスも温室にやってきた。勿論、アンドリューも一緒だ。

「そんな奴にお礼なんか言わなくても良いぞ。錬金術クラブの廃部を免れる為に親切にしているだけだ。騙されるな！」

ああアンドリューは面倒くさいね。下心があろうが、寒いと震えていた私に上着を貸してくれたんだよ。それにお礼を言うのはマナーでしょ。他人のことはほっといてよ。

「錬金術クラブを心配する暇があったら、魔法クラブの心配をするんだな！」

ベンジャミンとアンドリューは顔を合わせると喧嘩だね。私は側を離れるよ。

「それにしても温室で授業なのですね」

薬草学の一時間目を受けてないから、驚いたよ。ブライスも罵り合っている二人から距離を取ったみたい。

「あっ、ペイシェンスは受けてなかったのか？　薬草学も薬学と同じマキアス先生なんだ。かなり手厳しいよ。一時間目は肥料を鋤《す》き込んで、畝を作ったのさ。いなくて正解かもね。少し制服も臭くなったから」

あの魔女っぽいマキアス先生なんだ。チェックし忘れていたよ。でも、面白そうだ。それに臭くなっても生活魔法でなんとかなりそうだしね。

「おや、あんた。魔法使いコースに変更したのかい？　違うのかい？　まぁ、良いさ。薬草学はあんたの生活魔法ときっと相性が良いはずだよ」

マキアス先生に魔法使いコースにまた勧誘されたが、私は取るつもりはないよ。攻撃魔法は無理だもの。でも、薬草学が生活魔法と相性が良いと言われて嬉しいな。

「ほら、こっちに来な！」

マキアス先生は、わざと乱暴な口調な気がする。魔女のお婆さんぽさが全開だね。

「薬草学は、薬草を育てるところから始めるよ。ほら自分の畝を決めな。とっとと決めたら、そこに名札をつけるんだ。春学期は下級薬草をちゃんと育てるのが目標だよ。言っておくが、週に一度の授業だけで育てられると考えている怠け者は不合格決定だね」

私は端っこの畝にした。つまり真ん中から選ぶ学生から遅れたのだ。温室だから、真ん中の方が暖かそうだもんね。

「ほら、選んだら種を取りに来るんだ。これは下級薬草の種だよ。普通は冒険者ギルドの下っ端が森から採ってくるのさ。だが、下級薬草は温室があれば冬から春までは栽培できるんだ。ちゃんと管理すればね」

へぇ、冒険者ギルドの初心者は薬草採りなんだ。ラノベ小説みたいな話だよ。一度、冒険者ギルドに行ってみたいな。メアリーをなんとか説得できないかな？

「ほら、皆、見ておくんだよ」

学生を集めて、マキアス先生は種の蒔《ま》き方を説明する。

「人差し指の第一関節まで穴を開けて、そこに一粒ずつ植えていくんだ。畝の端から端まで植えるんだから、考えて間隔を開けるんだよ」

この温室全部を使って大丈夫なのかな？　薬草学はもう一コマあったはずだ。他の学年もあるよね？

「温室は何個もあるから、そんな心配せずにちゃんと育てるんだよ」

えっ、マキアス先生は心を読めるの？　私が不思議そうな顔をすると、ケケケと笑う。

「さっさと種を蒔いて、水をやりな」

私は種を蒔き、水をジョウロでかける。

「この中には土の魔法使いもいるだろ。その学生は、土に育成の魔法をかけな。ああ、土の魔法が使えない学生は気長に成長するのを待つしかないね。毎日、水をやらないと枯れるよ。水の魔法使いは、水に魔力を込めたら早く大きくなるよ」

私はいつも温室や畑でするように「大きくなれ！」と唱える。種から芽が出るかな？

そのくらいの魔力を込めた。

「あれっ？　成長が止まらない」

芽がどんどんと大きくなり、双葉から本葉が出てきた。

「やはりお前さんは魔法使いコースを取るべきなのさ。下級薬草は魔力に反応が良いからね。ほら、もう少し生活魔法をかけてみな」

私はもう一度「大きくなれ！」と唱える。

本葉はどんどんと伸びていった。他の学生も驚いて見ている。

「ペイシェンスは、薬草学Ⅰは合格だね。薬草学Ⅱにしな。ああ、空いた時間がないなら、この時間で良いさ。何、薬草学Ⅱは上級薬草を育てるのが春学期の課題だから、来週までに下級薬草は育つだろう。それを収穫して育てれば良いだけさ。ほら、皆もぼんやりペイシェンスの畝を見ている暇があるなら、自分の畝に魔法を込めてみな」

他の学生が畝に魔法を注いでいるのを見て、マキアス先生が「薬学クラブに入らないかい？」と勧誘してきた。

「私は音楽クラブに入っていますから、無理です」と断ったけど、儲かりそうだよね。惜しいな！

「そうかい。でもあんたなら、立派な薬師になれそうなのにね。残念だ」

薬師、なれるかどうかわからない文官よりお金になりそうな匂いがする。グラッとした。お金に弱いんだよ。

「おい、ペイシェンス。薬学クラブに入るぐらいなら錬金術クラブに入ってくれよ」

ちゃっかりと真ん中の畝を取ったベンジャミンから声がかかり「そうだった！　マーガレット王女の側仕えなので放課後は無理なのよ」と我に返る。

「チッ、あんたは押しに弱そうな女だから、薬草を育てさせるのに丁度良いと思ったんだけどね。まぁ、放課後でなくても薬草は育てられるさ。考えておきな」

私ってそんなにチョロそうですか？　ガックリきたよ。

第七章　錬金術クラブ

火曜は、地理、外国語、裁縫、織物だ。まだ中等科の時間割に慣れていないから、毎朝チェックしている。それに中等科は飛び級が出やすい気がするので、変更も多いからややこしい。

そういえば、あの騒ぎから一週間経ったんだ。マーガレット王女は朝起きようと努力中だ。うん、起きられてはいないけど、起きようとはされている。そこが大事だよね。

朝食を食べながら、お互いの授業をチェックする。

「地理と裁縫は初めて受ける授業ですわ」

特に地理は楽しみだ。異世界のことをもっと知りたいからね。

「裁縫は大変よ。それと今日は、外国語は一緒に受けられるわね」

外国語も楽しいよ。この外国語、少し古典っぽいんだ。

「キース王子は本当に騎士コースと文官コースを取られるのでしょうか?」

マーガレット王女はピンときていないようだ。

「何か問題でもあるの?」

「いえ、ただ文官コースの選択科目でもある外国語は古典に似ている気がするのです」

マーガレット王女は首を傾げている。古典とデーン語に共通点を感じていないようだ。

「そうかしら？」

「ええ、古典はエンペラード語の前の帝国語でしょう。デーン語はその帝国語に似ているような気がします。我国より北部にあるので帝国語が残ったのかもしれませんね」

マーガレット王女も少し考えて「文法とかは似ているかもね」と同意する。

「でも、文官コースの外国語も選択科目でしょ。苦手だと思ったら取らなければ良いのよ」

確かにね。それより裁縫だ。

「春学期は青葉祭のドレスと聞きましたが、秋学期は何を縫うのでしょう？」

「あら、知らなかったの？　収穫祭の後で中等科の学生は卒業ダンスパーティを開くのよ。だから、秋学期はそのドレスを縫うの。冬物は生地が厚いし、裏地も付けなくてはいけないから、大変だと皆が騒いでいるわ。でも、制服でダンスパーティより良いと言う強者もいるのよ」

そっか、去年はマーガレット王女もまだ初等科だったから参加されなかったのだ。それにしても裁縫は六枚ドレスを縫わなくては合格できないようだ。なかなか大変だよ。

地理の授業はルパート先輩の推薦だから、文句なしに楽しい。それに異世界の地図を見ながら、その土地の話を聞くのは役に立つね。いつか外国に行ってみたいな。お金に余裕ができたらね。

外国語はマーガレット王女と組んで自己紹介の練習をしたよ。

『私は音楽が好きです』うん、その通りだね。

『私は弟たちが大好きです』これ本当！

「あらペイシェンス、そうなの？」あっ、この時間は自国語禁止になったんだよ。

『マーガレット王女、自国語は禁止ですよ』ほら、モース先生から注意された。

『はい』簡単に答える。もっと複雑な会話ができるようになるには練習が必要だね。


昼食はなんだかキース王子たちが騎士クラブについて話していた。うん、関わりたくないから、私はマーガレット王女と裁縫の授業の話をするよ。

「ドレスの生地は用意されているのですか？」

これ、重要だよ。シャーロッテ伯母様に絹の生地はもらったけど六枚分も使いたくないな。少しでも多く残しておいて、弟たちのシャツとかも縫いたいんだもの。

「ええ、リボンやレースも用意されているわ。ペイシェンスはまずはデザインを描いて、その型紙を取らなくてはいけないわ。というか、型紙を見てデザインを決めた方が良いわ。私は初め素敵なドレスのデザインをしたの。でも、型紙を作れなかったのよ」

なるほど、先生もいきなりドレスを型紙から作らせるのは無謀だと考えられたのだ。

「では、型紙からデザインを選んで、そこにリボンやレースでアレンジすれば良いのですね」

マーガレット王女が呆れる。

「ペイシェンスが言うと簡単そうに聞こえるわ。あっ、でも良い生地はもう残ってないかもしれないわ。青葉祭だから、緑や青色の生地を皆が選んだから」

そうだよね。爽やかに見える色を着たいよね。

なんだか揉めていそうな騎士クラブの話題には関わることなく無事に昼食を終えた。

やはりマーガレット王女の言われた通り、涼しげな色の生地は残ってなかった。

「ペイシェンス、貴女が授業に出なかったからよ。どれか選びなさい」

濃い色の生地しか残ってない。茶色や暗い黄色、赤も黒っぽい赤だ。収穫祭ならありだけど、青葉祭にこれはないよ。濃い紺色の生地が目についた。

「キャメロン先生、柄物は駄目ですか？」

「いえ、正式な舞踏会では未婚の令嬢が柄物では砕けすぎに見えますが、青葉祭なら大丈夫ですよ。でも、柄物の生地は高価なので裁縫の授業の材料にはありません」

私は良いプランを考えついたのだ。

「白い生地も少し使わせてもらえますか？」

「ええ、襟や裾に白い生地を使う学生も多いですから良いですよ」

私は濃い紺色の生地と白い生地を少しもらってマーガレット王女の横のテーブルについた。

「あら、そんな色しか残っていなかったの？　綺麗な紺色だけど、青葉祭には少し重いわ」

マーガレット王女は若草色の生地に型紙を当てて裁断していた。うん、青葉祭にピッタリの色だね。でも、型紙をピンで留めないとズレるよ。

「マーガレット王女、型紙をこのようにピンで留めてから裁断しましょう。それと、ダーツの位置をチャコで記しておかないと困りますよ」

あっ、ダーツの意味もわかってなさそう。ザッと説明はあったと思うけど、そうかマーガレット王女も一回目の授業をサボったんだ。なんとなく罪の意識を感じるよ。

「あっ、そういえば聞いた気がするわ」

マーガレット王女は二コマ取っているから聞いていたんだね。なら、ちゃんと聞いてなかったマーガレット王女の責任だ。でも、側仕えとして青葉祭で恥はかかせられない。

マーガレット王女のやることは要チェックだ！

私は前世のオートクチュールのニュールックに似たドレスに決めた。よく似た型紙もあるからね。襟を少し大き目に開けて、そこに白い大きなボートネックの襟をつける。そして、生地は紺地に白の水玉模様にするつもりだ。これは型紙で生地を切ってからにする。模様合わせをするなら、型紙で切ってからで良いと思う。

「まぁ、もう裁断が済んだの？」

「ええ、でもこれからが大変なのです」

私は生活魔法で白い生地から小さな丸い形に何十個も切り取る。白い水玉模様が多い方が涼しそうに見えるから、大変だよ。

縫いつけるには縫い代《しろ》が必要だ。切り取った白い生地より一回り小さな型紙を作って、それに生地を載せてアイロンで型をつけていく。異世界のアイロンは中に炭を入れて使うから重いんだよ。

「まぁ、ペイシェンス。素敵なドレスになりそうね」

キャメロン先生が回ってきて、私がしていることを見て意図に気づき、褒めてくれる。

「ええ、そうなったら良いのですが……先生、縫う前に水玉模様にした方が良いですか？それとも縫ってから水玉模様にした方が良いですか？」

前世の生地は始めから模様がついていた。だけど、どちらが正解かわからない。

「本当は縫う前に模様合わせをするのが正しいと思いますが、模様を作るなら、後からの方がバランス良くできるでしょう」

では、縫ってから模様をつけよう。

「腕がブルブルするわ」

本当にペイシェンスは体力がない。重いアイロンで、腕が疲れたよ。

「まぁ、今日は音楽クラブなのに。次の授業で腕を休ませるのよ」

どこまでも音楽愛が深いマーガレット王女だけど、次は織物だ。腕を休ませるのは無理かもしれないとは黙っていよう。前の染色で染めた濃い黄色の糸で織るんだよ。凄く楽しみだ。黄八丈《きはちじょう》っぽい柄を織りたいな。


水曜は経営学、魔法陣、薬学Ⅱ、刺繍Ⅱだ。

経営学の授業は教科書通りに進んだが、フィリップスやラッセルから事業の立ち上げについての質問が飛んだ。皆、この課題に苦労しているみたい。私も物価がわからないから要調査なのだけど、メアリーを説得できるかな？

魔法陣は水を出す魔法陣を描いた。うん、時間はかかったけど、ちゃんと描けたよ。次は風を起こす魔法陣だ。これが描けたら扇風機ができるよね。

「ペイシェンスは魔法陣も飛び級するか？　教科書を写すのは自習でできるだろう。魔法陣Ⅱでは魔法陣の理論を学んで自分で魔法陣を作り出すのだ」

凄く面白そうだけど、時間割の調整が無理だ。

「そういえば放課後のクラブ活動は無理だと言っていたな。この時間と錬金術Ⅱの時間に錬金術クラブの活動をしても良いぞ」

キューブリック先生は錬金術クラブの顧問だから、めっちゃ押してくる。

「考えておきます」と答えておく。この魔法陣飛び級、もしかしてこの為なの？　なんて疑っちゃうよ。

薬学Ⅱでは上級回復薬を作る。ほぼ下級回復薬と同じだ。違うのは上級薬草を使うのと煮出す時に魔力を注ぎ続けることだ。

「お前さんは合格だよ。薬学Ⅲにしな。わかっているよ。どうせ時間割が変更できないんだろ。この時間で薬学Ⅲをやれば良いさ。それでこの上級回復薬は売るのかい？」

マキアス先生に上級回復薬を売ってもらうことにした。内職できたよ。お金は学期末にもらえるそうだ。楽しみ！

「ペイシェンス、凄いな。どうやって下級回復薬を作るのかもわからなくなったよ」

ベンジャミンにしては珍しく自信喪失している。

「何か気づくかもしれないから、やってみて下さい」

うん、浄化が雑だ。

「ベンジャミン様は火が得意なのですよね。鍋を洗った後に火で浄化してみて下さい。それと漉し器も漉した後の鍋も。回復薬を入れる鍋も。そして水の浄化ができないなら、蒸留して下さい。ほら、テーブルの下の蒸留装置を使うのです。多めに蒸留水を作って、薬草も水で洗った後に蒸留水で洗い直して下さいね」

一気に言われて驚いていたが、ベンジャミンは魔法使いコースだ。理解したみたい。

「そうか、浄化ができていなかったのだな。ペイシェンス、ありがとう。徹底的に浄化してみる」

なんとかベンジャミンは下級回復薬を作ったが、マキアス先生は合格を出さなかった。

「こんな下級回復薬では売り物にならないよ。まぁ、自分で飲むなら、飲みな。腹を壊したりはしないさ。もっとキチンと浄化しな」

薬学の合格は売り物になるかどうかなのだろうか？　クラス全員が疑問を持った。

「なんだい。薬学なのだから、ちゃんと飲める薬を作らなきゃ駄目に決まっているだろ。そんなこともわからないのかい」

やはりマキアス先生は心を読めるのではないだろうか。

「ペイシェンス、私の下級回復薬の作り方も見てくれないか？」

ブライスも下級回復薬の作り方に迷っているようだ。やってみてもらうが同じだ。

「ブライス様も浄化が中途半端です。それに薬草の洗い方がなっていません。ほら、根元には土が残っていますよ。水の魔法を使えるなら、全てを綺麗に洗った後で、魔法で出した浄水でもう一度洗って下さい」

貴族の子息は薬草の洗い方から教えないといけないみたいだ。横でアンドリューが「薬草すら洗えないのか」と笑っていたが、マキアス先生に「お前さんの薬草も根元に土がついているよ。そんなので作った回復薬なんぞ飲んだら腹を下すぞ」と叱られていた。

アンドリューに教えないのか？　聞かれてないから教えないよ。それにマキアス先生の仕事だからね。

刺繍Ⅱはクッションに刺繍をする。魔法使いコースから家政コースに来ると、なんとなくホッとするよ。魔法使いコースにもベンジャミンやブライス、そしてまぁアンドリューとか知り合いができたけど、あのおどろおどろしい雰囲気は疲れるよ。ホラー映画は苦手だったんだ。

刺繍Ⅱには知り合いはいない。うん、少し寂しいけど、かえって気楽だ。そう思うことにする。

「昔の王宮では王族以外は座ってはいけませんでした。例外は刺繍をする貴婦人だけでしたのよ。今でも刺繍ができるのは貴婦人の嗜みの一つです。それに夫のサーコートに紋章を刺繍するのは素敵な風習ですからね。奥方が、刺繍が下手では戦場で力が出ませんわ」

相変わらず、このマクナリー先生は女学生を煽るのが上手い。これも教えるテクニックなのだろう。

マクナリー先生から材料をもらって刺繍を始める。

「どのような模様でも結構ですが、それを応接室に飾り、大切なお客様をお迎えして恥ずかしくないように刺繍を施して下さいね」

そうか、デザインが自由なら薔薇にしよう。家の応接室は飾りっ気がないからね。温室の薔薇を思い出して、赤とピンクの薔薇を刺繍していく。うん、楽しい。どんどん刺していくと薔薇が布一面に咲き誇った。

「まぁ、ペイシェンス。貴女は刺繍Ⅱも合格だわ。困ったわね、刺繍Ⅲを取れるかしら？」

錬金術Ⅱや薬学Ⅱに続いて刺繍Ⅱも飛び級になった。

「先生、もう金曜の午後しか空いていないのです」

「金曜の三時間目は刺繍Ⅰですわね。他の時間は詰まっているのですか？　そうだわ。このまま刺繍Ⅱの時間で、刺繍Ⅲをなさいな。どうせ、刺繍Ⅲもすぐに合格して修了証書をあげなくてはいけないでしょうからね」

いっぱい刺繍をしたいのに、すぐに熱中して生活魔法を使ってしまう。

「マクナリー先生、私は刺繍が好きなので、なるべく長く授業を受けたいのです」

マクナリー先生は少し考えて、フッと笑った。

「ペイシェンス、刺繍には芸術的な作品もあるのですよ。絵画のように見える刺繍を学んでみませんか？　これならすぐには作品も出来上がりませんわ」

前世の日本刺繍みたいな物かもしれない。祖母の日本刺繍は絵のように見えた。

「ええ、教えて下さい」

「やる気のある学生は嬉しいですわ。次からは絵画刺繍に挑戦しましょう」

他の学生から呆れられたけど、これ以上の時間割の変更は無理だ。やはりもっと余裕を持った時間割にしなくてはいけなかったのだ。

やはり法律と行政は春学期の期末テストで修了証書を取ろうと決意した。教科書はアルバート部長にもらっている。この二コマが空けば、少し余裕ができる。

一度、カエサルと会うとベンジャミンと約束した木曜だ。なんとなく朝からドキドキする。

行政のサリバン先生は、パターソン先生と違って学生の興味を少しでも引き出そうと努力している。官僚になれたら良いけど、女性官僚はいない。初女性騎士になったユージーヌ卿みたいに、初女性官僚になって後に続く後輩たちの道を切り開く努力ができるだろうか？　私は強気の割に根性なしだ。それに初の女性官僚になるなら大学を出た方が良いと思う。思うけど、家にはお金がない。それに大学ならナシウスに行かせたい。

サリバン先生の雑談や学生とのやり取りは面白いから聞くけど、教科書の説明は退屈なんだよね。つい、あれこれ考えちゃう。うん、この行政は修了証書をもらおう。

「ペイシェンス嬢は、次は料理でしたよね」

フィリップスはよく私の時間割まで覚えているね。

「ええ、でも修了証書をいただきましたから、自習しますわ」

フィリップスに呆れられる。

「ペイシェンス嬢は初等科の必須科目は全て修了証書をもらったと聞きましたが、中等科でももらったのですか？　凄いですね」

「料理は母から少し習っていましたから」

私は寮に帰って法律と行政の勉強をする。

『カラ～ン、カラ～ン』

二時間目が終わったようだ。マーガレット王女はちゃんと食べられる物が作れたかな？まぁ、先生が付いているから大丈夫だと信じるしかない。

それよりベンジャミンとカエサルを待たせてはいけない。歩くのが遅いペイシェンスなりに早足で学食に急ぐ。本当は先に来ておくつもりだったけど、勉強に集中していたのだ。時計欲しいな。錬金術で作れたら良いのに。

「おっ、ペイシェンス。遅かったな」

席にも着かずベンジャミンとカエサルは待っていた。うん、浮いているね。変人だってだけじゃないよ。よく見ると制服とか高級そうなんだ。

「ベンジャミン様、カエサル様、遅れて申し訳ありません。寮で勉強していたもので」

さぁ、お盆を持って並ぼうとしたけど、ベンジャミンとカエサルはお盆を持ったこともないようだ。

「そうか、学食には給仕はいないのだな。うん、面白い」

カエサルは確かバーンズ公爵家の嫡男だったね。

「カエサル様もベンジャミン様も上で過ごされても良いのですよ。今日は、マーガレット王女は料理教室でお召し上がりになりますから、私は学食で取ろうと思っただけですから」

味は上級食堂《サロン》の方が美味しい。

「いや、初体験だから、食べてみよう」

やはりお坊ちゃまだ。三人で、学食で食べた。

「なかなか美味しいな。それに上で食べるより時間が短くて済むのが気に入った」

五年生のカエサルは何か忙しいのだろうか？　あっという間に食べた。

「もうペイシェンスも良いのか？　ゆっくり食べろよ」

私もほとんど食べたけど、二人に待たれていたら食べづらい。

「もっと食べないと大きくなれないぞ」

ひょろりと背の高いカエサルと獅子丸《ベンジャミン》に全部食べろと言われて、なんとか食べ終えた。

うん、学食でゆっくり食べるつもりだったのに残念だよ。

「お盆は返すのか。私が返しておくから、ペイシェンスはカエサル様と話しておけ」

ベンジャミンの家柄は知らないが、Ａクラスや魔法使いコースでの態度から上級貴族だと感じる。

「いえ、私は……」と言いかけたが、なんと三枚のお盆を軽々と持っていく。

「それで、ペイシェンスは錬金術クラブに入りたいけど、マーガレット王女の側仕えがあるから駄目なのだよな」

そういう言い方をしたら、少しニュアンスが違って聞こえる。

「前に手芸クラブに案内していただいた時は、マーガレット王女の側仕えを辞めるつもりでした。だから、音楽クラブも辞めると決めたのです。でも、結局、側仕えを続けることになったので、キチンと務めたいと思っています」

カエサルは黙って最後まで私の言い分を聞いた。

「なるほどね。ペイシェンスは良い側仕えだ。だが、王立学園は側仕えをしに来ているわけではないだろう。放課後が駄目なら空いている時間に錬金術クラブの活動をしたら良いだけだ。ベンジャミンに聞いたが、錬金術Ⅱも魔法陣も飛び級したそうだな。それに木曜の二時間目も空いているのだろう。週三回も活動しろとは言わないが、一回でも二回でも良い」

凄く勧誘が激しいよ。それに断る理由が見つからない。

「そうだぞ。ペイシェンスは、本当は魔法使いコースを取るべきなのだ」

ベンジャミンまで魔法使いコースを勧める。

「ベンジャミン、今は錬金術クラブの件に絞ってくれ」

カエサルは錬金術クラブの存亡に関わると必死だ。うん、自分のクラブがなくなるのは困るよね。

「放課後、活動しなくても良いなら」

やはり私は押しに弱いのかもしれない。

「そうか、歓迎するぞ。では、いつ来られそうか？」

えっ、さっきまで週一でも良いと言っていたよね。

「初めは私が教えることも多いからな。私はペイシェンスのスケジュールに合わせる」

えっ、どういうこと？

「でも、それではカエサル様の授業は？」

そんなのどうでも良いって感じで、手を横に振る。

「私はほとんどの単位を取っているから、多少の融通はきく。だから、ペイシェンスの空いている時間はどこだ？」

なんだか教えたくないような気がする。

「ペイシェンスの空いている時間は、月曜の三時間目の錬金術Ⅱは合格している。それと水曜二時間目の魔法陣も合格しているな。それと木曜の二時間目は、料理は修了証書をもらって空いている。あとは金曜の四時間目か」

ベンジャミンには呆れるよ。他人の時間割をよくここまで把握しているね。

「金曜は月に一、二回はマーガレット王女のお供で王宮へ行きますから駄目ですわ」

断ったのに、カエサルはニヤリと笑った。

「つまり、月に二、三回は金曜の放課後はフリーだ。ペイシェンスは寮生だったよな。なら、夕食までじっくり錬金術クラブで活動できるってことだ」

カエサルの本気が怖い。でも、授業中に錬金術クラブに行くよりマシかもしれない。

「王宮にお供しなくて良い金曜だけ錬金術クラブに行きます。他の空き時間は勉強に充てたいのです。それで良ければ錬金術クラブに入ります」

ベンジャミンは月曜の錬金術Ⅱもクラブに来いとしつこい。

「でも、キューブリック先生に無理を言って魔法灯を作らせてもらう許可をもらったのに」

二人はニヤリと笑う。

「キューブリック先生は錬金術クラブの顧問だ。私たちから言っておくから大丈夫だ」

何が大丈夫なのかわからないよ。交渉なのに相手の調査不足だった。失敗だ。一時、撤退して出直そう。

「いえ、キューブリック先生には私から言いますわ。月曜の錬金術Ⅱの時間に。それから考えます」

ふうんとカエサルは笑う。ベンジャミンが「必要ない」とか騒いでいるのを手で制す。

「兎に角、錬金術クラブにようこそ」

まずは部員確保を優先したようだ。私も週に三回も錬金術クラブに行く気にはならない。

月に二、三度で十分でしょう。なんて呑気なことを考えていたのは、馬鹿な私です。やはり甘いのかな？

押しに弱いとは前世で感じたことはなかったのに、異世界では押しに弱いみたいだ。ペイシェンスの犠牲精神に感化されたのだろうか？　いや、ペイシェンスは結構頑固なところもある。異世界の人が押しが強すぎるのか？　なんて考えながら、音楽クラブにマーガレット王女と向かう。

「もうペイシェンスが抜けるから、今日は不味い昼食だったわ」

今日の料理はじゃがいもをゆでたのだと言われた。何を失敗して不味かったのか、聞きたくないので、相槌《あいづち》だけ打っておく。

「大変でしたね」

「そう、大変だったの。それに習字も疲れたし、魔法実技も散々だったわ」

お腹が空いているから愚痴っぽいのかも。今は錬金術クラブに入ったことは言わない方が良さそうだ。

音楽クラブで、機嫌が直ったら良いなと考えていた。私はすっかりアルバート部長とカエサルが同級生だということを忘れていた。うん、二人とも中等科二年Aクラスなんだよね。

「ペイシェンス、何故、あんな変人の巣の錬金術クラブに入ったのだ」

ああ、最悪な展開だよ。

「ペイシェンス、本当なの？」

元々、機嫌が良くなかったマーガレット王女の機嫌が急降下する。

「ええ、後でお話ししようと思っていました」

カエサル部長め、喋《しゃべ》ったんだね。それもアルバート部長に！　お陰で冷や汗をかく羽目になったよ。ぷんぷん。もっと大人かと思っていたのに、最低！

「そんな暇があったら新曲を作るべきなのに！」

それはアルバート部長の勝手な言い分だ。

「もう私は数曲作っていますわ。十分だと思います」

つい反撃したら、マーガレット王女も参戦して言いたい放題に非難された。亀になった気分で堪える。何か反論したら、倍返し、いや一〇倍返しされそうだ。

「アルバート部長、それより部長会議はどうなったのだ？」

おお、ルパート先輩、良い人だぁ！　音楽クラブの良心だよ。

「あっ、それもあったのだ。魔法クラブと乗馬クラブから、騎士クラブには二度と命令は受けないと発言があった。ハモンド部長は苦虫を嚙み潰したような顔をしていたが、他の部長が全員、それを支持したから受け入れたさ。それはどうでも良いのだ」

良くないと思うが、騎士クラブのことは騎士クラブで解決するしかない。キース王子が問題に巻き込まれなければ、私は騎士クラブに関心はないよ。

「青葉祭も議題に上がったのだが、グリークラブが増えたからと、音楽クラブの発表時間を減らすなんて、阿呆のルーファス学生会長が言い出したのだ」

「まぁ、酷いわ。グリークラブはコーラスクラブが内部分裂したクラブではありませんか。コーラスクラブの時間を半分にすれば良いのですわ」

マーガレット王女は激怒だ。クラブメンバーも怒っている。毎度のことで私は慣れているけど、サミュエルは驚いているんじゃないかな?

「でも、コーラスクラブよりグリークラブの方がまだマシですよ。私のクラスにもグリークラブに入った学生がいるけど、コーラスクラブとクラブハウスを共有している状態だし、それもコーラスクラブの使っていない時間しか使えないそうですよ。気の毒です」

サミュエルもズッポリと音楽クラブに染まってきたね。お姉ちゃん、少し心配だよ。

「そうだ、ペイシェンス。前に良いことを言っていたな。グリークラブに新曲を提供すれば良いって」

あっ、忘れてなかったんだ。

「グリークラブの部長とは知り合いなのだ。マークス・ランバートはペイシェンスが新曲を提供すると言ったら喜ぶぞ。音楽クラブの新曲を褒めていたからな」

勝手に話を進めないでほしいよ。

「いえ、それは一般的な感想として言っただけです」

コーラスクラブと揉めているグリークラブに新曲を提供したりしたら、揉め事に頭を突っ込むことになるよ。

「そうか、グリークラブでも新曲を発表できることになるな。それなら時間も少なくならないか。それと演劇クラブの時間も減らしたい。ペイシェンス、グリークラブにはオペラを作ってやれ。それなら演劇と被るから、あちらからも時間を取れば良いのだ」

えっ、オペラ？　前世でオペラなんか観《み》たことないよ。ミュージカルでは駄目なのかな？　あっ、私って押しに弱い！

「そんなの無理ですわ。だってハノンの曲しか作ったことありませんもの。グリークラブは歌が必要でしょう」

アルバート部長は、ほんの少し黙って考える。

「歌詞は任せろ。ペイシェンスの曲に歌詞はつけてやる。それとリュートへの編曲は従兄弟のサミュエルに任せる。それとダニエルもリュートが上手いからサブにつけてやる。うん、クラウスもバルディシュもつけてやるぞ。これなら大丈夫だろう」

うっ、ショタコン天国《パラダイス》だ！　まさかアルバート部長は私の趣味を見抜いているの？

「面白そうね。私も自分の新曲はできていますから、手伝いますわ」

マーガレット王女が手伝うと言うのに新入部員が断れるわけがない。

「マーガレット王女、私で良かったら手伝います」

サミュエル、私の手伝いだよ。わかっている？　ああ、顔が真っ赤だ。マーガレット王女に憧れているんだね。綺麗だもん。

「私も微力ながらお手伝いいたします」

ダニエルが手伝うと言うと、バルディシュもクラウスも手伝うと言い出す。リーダーだから冷静さを保ってほしいけど、ダニエルもマーガレット王女に礼を言われて頬を染めている。ショタにめっぽう強いマーガレット王女だ。

「ペイシェンス、覚悟を決めなさい。皆がグリークラブに協力しようと言っているのよ。貴女はコーラスクラブの圧政に耐えきれず立ったグリークラブに心は動かされないの？　それで音楽を愛していると言えるの？」

音楽は好きだけど、愛していると言ったことは一度もありません。なんて言っても無駄なんだね。

「わかりました。できるかどうかわかりませんが、やってみます。作詞はアルバート部長にお願いしますね。それは無理ですから」

これで錬金術クラブに入ったのを許してもらえるなら、なんとかしよう。前世のミュージカル、覚えている曲を繋げてみるしかない。ラブソングも良いかもしれない。

「では、早速作るのだ。私はマークスに話をつけておくからな」

そこからは各自の新曲を発表して解散した。疲れたよ。

「ねぇ、ペイシェンス。引き受けたのは何か思いついたからでしょ。さぁ、弾いてみて」

「いえ、まだフレーズが浮かんだだけですから」と逃げようとしたが許してもらえなかった。

夕食までに『ロミオとジュリエット』の映画の主題歌や『イーストサイドストーリー』のロマンチックな歌などを思い出しながら弾く。

「やはりペイシェンスは素晴らしいわ」

褒めてもらえるのは嬉しいが、まだまだ曲は必要だ。うん、アルバート部長に歌詞は丸投げできて良かったよ。

やっぱり私は押しに弱い女なのかもしれない。作詞は免れたって喜んでいるなんて、馬鹿だよ。今度からはNOと言える女になろう。


木曜までに王宮行きを言われなかった。つまり金曜の四時間目からフリーだ。

ベンジャミンはホームルームから出る時に「四時間目に待っているぞ」と笑顔で言う。

「ペイシェンス嬢、ベンジャミンと何か約束をされたのですか？」

一緒に法律と経済学の教室に移動していたフィリップスに尋ねられる。

「ええ、錬金術クラブに入ったので、今日初めて行くのです」

フィリップスの顔が固まった。錬金術クラブってそんな受け止め方をされるんだね。

「そうなんですか」と言ったけど、これで嬢扱いはなくなるかもね。まぁ、くすぐったくなくなるからいいんだよ。

でも、何故か嬢呼びは相変わらず続いたんだよね。不思議だ。

昼はいつものメンバーで上級食堂《サロン》で食べる。

「昨日は来なかったな」

キース王子が余計なことを言う。

「まぁ、ペイシェンス。どこで食べたのかしら？　まさかダイエットなの？」

この痩せた身体でダイエットは必要ないよ。

「いいえ、たまには下の学食でゆっくりと食べたいと思ったのです」

マーガレット王女が「私がいなくても上級食堂《サロン》を使いなさい」と注意した。これでこの話題は終わりだと思ったのに、キース王子は疑問を持ったようだ。

「ペイシェンスは一人で食べたのか？」

あっ、答えにくいことを聞かないでほしいな。

「側仕えになる前は、学食で一人で食べていましたわ」

嘘ではないが、答えをはぐらかしている。

「ペイシェンス、誰と食べたの？」

マーガレット王女には何か誤魔化したと見抜かれてしまった。

「ベンジャミン様とカエサル様ですわ」

マーガレット王女の眉が少し上がる。お怒りモードだ。

「ペイシェンス、そんなに呑気だから錬金術クラブになんか勧誘されるのよ。だから、上級食堂《サロン》で食べなさいと言っているでしょ」

そうだけど、一緒の時ならいざ知らず、一人なのに食費を出してもらうのは悪いし、気がしんどいんだよ。無銭飲食みたいだもん。これは後で話し合おう。

「錬金術クラブに本当に入ったのか？」

キース王子がまた失言レーダーに引っかかりそうだ。

「ええ、月に二、三度で良いと言われましたから」

キース王子は不機嫌そうに眉間に皺を浮かべている。何故なの？　関係ないじゃん。

「カエサル様やベンジャミン様が学食で食事を取られたのか？」

ヒューゴはショックを受けたみたい。この子もお坊ちゃまだからね。

「何故、学食で？」

いつもは冷静なラルフも混乱中だ。

「ペイシェンスが学食に誘ったのか？」

キース王子の追及に答える必要があるのかな？

「いえ、一度カエサル様と話してみろとベンジャミン様から言われて、木曜は、マーガレット王女は料理教室で昼食を取られるから、そうなっただけですわ」

マーガレット王女は、不味かった昼食を思い出したのか、眉を顰めた。

「ペイシェンスが修了証書をもらってしまうから、私は本当に大変な目に遭っているのよ。中がガリガリのじゃがいもを食べたのですからね。貴女がいたら、ちゃんと中まで火が通っていたでしょうに」

さすがにキース王子たちも、それは私のせいだとは言わなかった。当たり前だよ。

「マーガレット様、ちゃんとスペンサー先生の説明をメモに取られましたか？」

「取ったわよ。でも、中はガリガリだったの」

不思議だ。スペンサー先生は超初心者にも失敗しないように注意されている。

「もしかして、ゆで上がっているか串で刺して確かめなかったのですか？」

マーガレット王女が目を丸くして驚く。

「まぁ、ペイシェンス。貴女は千里眼が使えるの？　後からスペンサー先生に注意されたのよ」

「いいえ、千里眼なんか使えません。想像してみただけです」

キース王子たちも呆気に取られて、学食の件は忘れたようだ。良かった。なんて考えていた私は馬鹿だよ。

「来週からは木曜は私たちと一緒に食べよう。ペイシェンスから目を離したら何をするかわからない」

えっ、それは避けたいよ。私はマーガレット王女の側仕えであってキース王子のではない。私が断る前にマーガレット王女が微笑んで了承する。

「そうね、そうしてもらえると安心だわ。この子ときたら自覚が全くないのだから。錬金術クラブに入るなんて、狼《おおかみ》の巣にうさぎが飛び込むようなものよ。まぁ、ブライスも入るみたいだから、ほんの少し安心ですけどね。ベンジャミンやカエサルに無茶を言われたら、ブライスに助けを求めるのよ。魔法使いコースを取っている割には、ブライスはまだまともだわ」

キース王子の目が怖いよ。何か怒っているの？　まだ私がカエサル目当てで錬金術クラブに入ったと考えているのかも？　違うけど、弁解する必要もないよね。

マナーⅡはなんと「春学期では昼食会を開いてもらいます」だった。うん、きっとマナーⅢは晩餐会だね。でも、昼食会はメニューも考えなくてはいけないようだ。貧乏なグレンジャー家で昼食会なんて開いた覚えはない。でも、夏の離宮で毎日ご馳走《ちそう》をいただいていたからね。それを参考にして書くよ。

「ペイシェンス、貴女は素敵な昼食会を開けるわ。合格です。ついでにマナーⅢの晩餐会の計画表も書きなさい」

おっ、もしかして修了証書をもらえるのかも。頑張ります！　これも夏の離宮の晩餐を参考にしたよ。

「修了証書をあげますわ」

うん、これならマーガレット王女もじきに修了証書をもらえるよ。後で教えてあげよう。

マーガレット王女はゾフィーが迎えに来て王宮へと帰った。つまり錬金術クラブに行く時間だ。

「ご機嫌よう」と一応挨拶するけど、全く合わない挨拶だよね。

「おおペイシェンス、遅かったな。皆を紹介しよう」

カエサル部長は紹介と言うけど、そこにはベンジャミンとブライスとあと一人だけだ。

「中等科二年のアーサー・ミラーだ。こちらは一年のペイシェンス・グレンジャーだ」

「よろしくお願いいたします」と挨拶するが、ブライス以外が着ている白衣の汚さに、思わず一歩下がってしまう。

「その白衣ですが……」

生活魔法で綺麗にしたいけど、何か理由があって汚いままなのかもしれない。

「おお、そうだ。ブライスとペイシェンスも白衣を着た方が良いぞ。熱い金属やガラスを扱うし、薬品も使うからな。制服がすぐに穴だらけになると親に叱られるぞ」

私たちに先輩のだと渡してくれるが、これを着るのは御免だ。

「カエサル部長、これを綺麗にしても良いですか？」

「良いが、すぐに汚れるぞ」

すぐに汚れようが、こんな汚い白衣を着るのは嫌だ。

「綺麗になれ！」と唱えたら、全員の白衣が真っ白になった。これが白衣だよ。焼け焦げた穴も塞がったよ。

「やはり、ペイシェンスの生活魔法は変わっているな。それで、ペイシェンスとブライスは何か作りたい物はあるのか？」

作りたい物はいっぱいあるよ。でも、まずは弟たちの部屋の魔法灯だ。

「カエサル部長、魔法灯の灯《あか》りの明るさの調整はスイッチでできませんか？　明るい時、ほんの少し明るい時、そして消したい時に調整したいのです」

カエサルは腕を組んで考える。

「うむ、可能は可能だな。だが、なんの意味があるのだ？　魔法灯は点けて、消せたら良いだけではないか」

ベンジャミンやブライスやアーサーも首を捻っている。

「私の下の弟は寝る前に真っ暗になるのが怖いのです。だから、薄ぼんやりとした灯りがあると怖くないかなと思って」

四人の男子にはわからないかな？　と思ったが、それぞれ子ども部屋での記憶が蘇《よみがえ》ったようだ。

「そうだな、それは良いアイデアだ。それを作るにはスイッチの仕組みを変えなくてはいけないな」

それからカエサル部長とスイッチの調整を考える。

「本当はスイッチというか、ツマミを回して、明るさを調整するようにしたいのです」

ざっと半円のドーム型のカバーと基礎を描いて、その基礎の真ん中にツマミを描き足した。

「このツマミで明るさを調整するのか？　うん、なんとかなりそうだぞ」

カエサル部長はサラサラと、ツマミを回すと魔石が徐々に魔法陣にくっつく仕組みを考えて描く。

前世の明るさの調整ができるベッドサイドランプが作れたら、ヘンリーが寝る前に怖がらなくても良くなる。

私とカエサル部長が熱中している間、ブライスはベンジャミンと魔法灯を作っていた。

「魔法陣の描き方がなってない」

先輩のアーサーから注意を受けている。あれっ、ベンジャミンも雑だと叱られているね。

「こらペイシェンス、余所見《よそみ》をしている場合か。このツマミを試してみよう。設計図を覚えて、自分で作るのだぞ」

授業で作ったスイッチとかなり違うので、設計図を真剣に覚える。

「ほらやってみろ」

結構、カエサル部長はスパルタだ。窯には金属が溶けていた。それに向かって覚えたツマミを思い浮かべて「ツマミを作れ」と唱えてみる。

溶けた金属が頭の中の形になって横にストンと落ちた。

「なかなか上手いな。だが、これで上手く明るさの調整ができるかは試してみないとわからないぞ」

魔法陣は描いてあるので実験する。

「まずは明るくならないと話にならない」

ツマミを回すと灯りが点いた。

「ツマミを少しずつ反対に回してみろ」

そっと回すと少し暗くなった。

「もう少し暗い方が眠りやすいと思いますわ」

「なら、もう少し回してみろ」

もう少し回すと消えてしまう。

「ううん？　魔石と魔法陣が引っつくと灯りが点く。離れると消える。途中の薄暗い灯りを保つのが難しいな。ツマミの調整だけの問題なのか？」

前世のベッドサイドランプはツマミを回せば明るさの調整ができた。それは何故なのか？　何かが電灯に電気を送るのを阻害させていたはずだ。でも、そんなの普通にあった物なので仕組みは覚えていない。

「灯りの魔法陣に、明るくなったり暗くなったりする魔法陣はないのですか？」

カエサル部長は驚いて私を見る。

「ペイシェンス、無茶を言うなぁ。だが、面白い。新しい魔法陣に挑戦だ！　今夜は徹夜だぞ」

あれっ、すっかり窓の外は真っ暗だ。

「ペイシェンス、寮に送っていくよ」

やはりブライスは常識人だった。他のメンバーは激論の最中だ。

「皆様、本当に徹夜されるのかしら？」

家に帰らないと親が心配するのでは？　あっ、馬車が迎えに来ているのでは？

「ペイシェンスが心配することではないさ。それにクラブハウスも閉鎖時間が決まっているから、その時間に迎えの馬車が来るだろう」

寮まで送ってくれたブライスに礼を言ったが、錬金術クラブは気をつけないと、深みにズブズブ嵌《はま》りそうだ。

第八章　嵐の前触れ

錬金術クラブのメンバーが何時まで残っていたのかは知らないけど、今度からは自分で注意して遅くなりすぎないようにしようと決めた。毎回、ブライスに寮まで送ってもらうのは悪いからだ。

土曜は朝食後にメアリーが迎えに来るけど、私は少し忙しい。温室で育てている下級薬草に水をやってから帰りたいからだ。

うん、順調に育って葉っぱもギザギザして蓬みたいだ。水をやって温室を後にする。家の温室で下級薬草を育てたらお金になるかな？　下級回復薬を売ることは可能なのだろうか？　マキアス先生の「薬学クラブに入りな」との誘惑に負けそうだ。薬師になれたら、一人でも生活できるのかな？

今は弟たちの為に頑張っているけど、いずれは大人になる。そしたら私はどうすれば良いのだろう。前はペイシェンスの女官になりたいとの願いに沿う形を発展させて文官コースを選択したけど、官僚にさほど魅力は感じなくなった。だって完全な男社会だもの。女官も女社会は怖くて嫌だ。

好きなのは織物や染色や刺繍。縫い物も嫌いじゃないけど、お針子さんはお金になりそうにないからパスだな。靴下のかけつぎの内職で工賃の安さに眩暈《めまい》がしたよ。でも、きっと織物も大量にしないと食べていけないのかも。私がしたいのは趣味の一環なのかもしれない。カリグラフィーの内職も安そうだよね。一応、ワイヤットに探してもらうけど。

異世界の賃金は安すぎると思う。ぷんぷん！　だから、男の人が一家を養える賃金がもらえる官僚を選択するのが正しいのだとは思うんだけど……悩み深き一一歳なのだ。

女性で官僚になれるのかも不安だしね。

錬金術クラブに入って、物を作るのは楽しいと思った。でも、魔法陣の勉強がもっともっと必要だともわかったんだ。秋学期は絶対に魔法陣Ⅱを取らなきゃね。今のところはカエサル部長頼みだもの。

「まだメアリー来ないな。今年の抱負でも考えよう」

今年の目標は、まずは食べ物の確保！　これは外せない。二度と飢えさせないと誓ったからね。

二つ目は薪だよ。これも外せない。今年は暖冬だなんてベンジャミンは言うけど、私には十分寒いよ。それに一度点いた暖炉の火を消したりしないぞ。転生した時、寒くて死にそうだったもの。あれだけは嫌だ。

三つ目は衣服だよ。特にナシウスは、来年は王立学園に入学するからね。男子の制服はズボン、シャツ、上着なんだ。つまりシャツは何枚も要るってこと。ヨレヨレのシャツなんか着させられないもの。それに運動服や乗馬服、そして防具も必要になる。でも、ナシウスだけじゃない。ヘンリーや父親にも新しい服が必要だ。生活魔法でなんとかやりくりしているけど、もう一着は欲しい。そして使用人にも新しい服が必要だ。

四つ目は魔石だ。異世界の文化的生活には魔石が必須アイテムなんだよ。錬金術クラブで弟たちの部屋の魔法灯を作ったり、父親の書斎にも読書灯を作ったりしても、魔石がなくては無駄になる。

「つまり、お金が必要なのよ！」

メアリーを待っている間に、あれこれ考えたけど、結論はお金に戻る。そりゃ、お金が全てではないことぐらい知っているよ。でも、お金がないとできないことも多いんだ。今年の抱負が「お金が必要だ！」で良いのかな？

カインズ先生の蚤の市プラン、本気で考えてみようかな？　ワイヤットが数点ずつやっているけど、それは本物の壊れた骨董品が少ししか売られていないからかも。

「こんな時、異世界転生ものにつきものの鑑定とかアイテムボックスとかの能力があればなぁ」

色々とぼろ儲けするのを夢想しても、虚しいだけだ。私には少し変な生活魔法しかないのだから。

「それにしてもメアリー、遅くない？　レンタル馬が出払っていたのかしら？」

朝食を食べ、温室に水やりに行き、帰ってきてから妄想に耽《ふけ》り、それでもメアリーは来ない。

「まさか、メアリーが病気にでも？」

下級回復薬を置いてきているが、メアリーは節約が身に付いている。（グレンジャー家の全員だけどね。あっ、父親はちょっと違うかもしれない）勿体ないとか言って飲まないで風邪を拗らせたりしてないでしょうね。なんて心配していたら、メアリーが迎えに来た。

「遅くなりまして、申し訳ありません。急な訪問の予定が入りましたので、応接室を整えてから来たのです」

免職中の我家に来る客はサリエス卿か伯母様たちぐらいだ。それにメアリーが謝る必要はない。メイドが一人しかいないのが悪いのだ。せめて下女がもう一人欲しいよ。

「いえ、良いのよ。教科書を読んでいたから」なんて格好を付ける。お金儲けを考えていたなんて令嬢らしくないから、メアリーをがっかりさせちゃうもんね。言えないよ。

馬車はすぐに家に着いた。やっと弟たち《エンジェル》に会えるよ。この一週間は長かったね。中等科になって色々あったから、疲れたよ。早く抱きしめてエネルギーを充填しなくては！

「お姉様、おかえりなさい」

一週間ぶりに会うナシウスとヘンリーの可愛さに、鼻血が出そうだよ。マジで！

「風邪などひかずに元気にしていましたか？」

抱きしめてキスをする。このままでいたいよ。

「お姉様、お疲れですか？」

抱きしめたまま動かなかったので、ナシウスに心配されたよ。いや、少しエネルギー充塡に時間をかけていただけです。スゥハァ。

「いえ、とっても元気ですよ」

「なら良かったです」

ヘンリーの心配そうな顔、キスしちゃおう。

「子ども部屋で話しましょう」

玄関にまで薔薇が飾ってある。つまり来客の為にメアリーが飾ったのだ。サリエス卿ではないな。サリエス卿が弟たちに剣の指南をしてくれているのには感謝しているが、薔薇を飾っても気づかない相手にそんな無駄はしない。お礼にお茶とかサンドイッチなどでもてなす程度しかできない。うん、これも何かお礼がしたいな。ワイヤットと要相談だ。

三人の伯母様のうちの誰かだろう。父親の機嫌が悪くならないと良いなと呑気なことを考えていた。メアリーが玄関にまで薔薇を飾った意味を汲み取れていなかった。伯母様たちが来られる時は応接室にしか薔薇を飾らないのに。やはり、弟たちの魅力で頭が回ってなかったんだね。

私は子ども部屋で弟たちの留守中チェックしていた。うん、暖炉には火が点いていて暖かいとまでは言えないけど、寒くはない。子ども部屋が広すぎるんだよね。

「お姉様が学園におられる間に、サリエス卿とパーシバル様がいらしたのです。剣術指南をしてもらえて嬉しかったですが……良いのでしょうか？」

馬術教師は従姉妹のラシーヌがアンジェラをジェーン王女の学友もしくは側仕えにしようと必死で、乗馬好きだとの情報と引き換えみたいな物と親戚の援助だ。そしてそれはサリエス卿の剣術指南も同じだ。でも、ナシウスはパーシバルには遠慮を感じているみたいだ。

「パーシバル様は大叔母《おば》様の孫だから再従兄弟になるの。ナシウスは気にしなくて良いのです。それにしても、私がいないことはわかって来られたのよね。お父様と話があったのかしら？」

ナシウスは首を傾げていた。

「私は剣術指南の後は、子ども部屋で勉強していましたから」

「あっ、サリエス卿とパーシバル様は父上と応接室で長い間話していましたよ。私は自分で教えてもらった剣術の復習をしていたけど、帰られたのはかなり時間が経ってからです」

ヘンリーは剣術に夢中だね。良い子だよ。キスしておこう。でも、あの父親とサリエス卿とパーシバルには共通点を感じられない。何を話していたんだろう。まっ、関係ないや。

なんて考えていたら、メアリーが子ども部屋に駆け込んだ。

「お嬢様、お着替え下さい。子爵様ももっと早く教えて下されば……いえ、そんな悠長なことを言っている場合ではありません」

子ども部屋から強制退場させられた。

「メアリー、落ち着いて。誰が来られるの？」

「子爵様ときたら、大事なお客様が来られるとしか仰らないから、玄関に薔薇を生けましたが、もう早くお着替え下さい」

パニックになっているメアリーには質問に答える余裕はなさそうだ。私は余所行きに着替える。

髪の毛を整えているメアリーに再度質問する。

「それでどなたが来られるの？」

「リチャード王子様です。本当にもっと早く教えて下されば……そうですわ。お嬢様、玄関と応接室に生活魔法をかけて下さい。今すぐ！」

えっ、なんでリチャード王子が家に？　もしかして父親の復職？　違うよね。一瞬、期待したのでガックリ落ち込む。リチャード王子はまだ大学生だ。そんなことに関わったりしない。

「お嬢様、早く！」とメアリーに急《せ》かされるので、下に下りて玄関や応接室そして前庭にも生活魔法をかけておく。うん、ピッカピカだよ。

「間に合って良かったですわ。子爵様がお呼びになるまで部屋でお待ち下さい」

「出迎えなくても良いのかしら？」

ラフォーレ公爵家に王妃様が寄られた時は家族で出迎えていたよね。

「いえ、お忍びで来られるそうですから……ワイヤットに確かめて参りますわ」

メアリーはかなりテンパっているね。

「やはりお部屋でお待ち下さいとのことですわ。大変だわ。茶葉が……あんな粗末な茶葉では失礼ですわ」

部屋に上がる前にメアリーを落ち着かす。

「メアリー、リチャード王子はお茶を飲みに来られるわけではないわ。何か話したいことがおありなのでしょう。落ち着いてね。家が貧しいことぐらいご存じよ」

過呼吸気味だったメアリーを落ち着かせる。やっと普通の呼吸に戻ったので、部屋で待つ。待つ時間は長く感じるので、法律の本を読む。うん、退屈だよ。でも、覚えよう。

「お着きになったようね。本当になんの用かしら？　騎士クラブしか思い浮かばないけど、私に聞かなくてもリチャード王子なら騎士クラブのメンバーも何人か知っておられると思うのだけど」

メアリーが「子爵様がお呼びです」と言いに来た。かなり緊張しているね。

「わかったわ。メアリー、きっと騎士クラブのお話よ。私は関係ないのに、何故かしら」

応接室にはリチャード王子とパーシバルがいた。パーシバルがロマノ大学の従兄弟に話して、リチャード王子に連絡がついたんだね。で、何故ここに？

「ペイシェンス、リチャード王子様にご挨拶なさい」

父親に言われなくても挨拶するけどね。あっ、父親も何故？　って顔に出ているよ。

「リチャード王子様、パーシバル様、ようこそいらっしゃいました」

リチャード王子は和やかに笑って座るようにと指示される。父親の横にお淑やかに座る。そこにワイヤットが紅茶を持ってきて、スマートな仕草で置いて出る。あれっ、この紅茶は高級な茶葉で淹れてある。良い香りだ。

「どうぞ、外は寒かったでしょう」

ここには女主人《ホステス》になれるのは私しかいないので、なるべく優雅にもてなす。マナーの修了証書は伊達《だて》じゃないよ。全員が一口飲んで、茶器を下に下ろす。さて、そろそろ本題だね。貴婦人ならここから季節の挨拶とか色々とあるけど、若い王子様だもの、省略されるだろう。

「グレンジャー子爵、突然の訪問をお許し下さい。お察しの通り、ペイシェンス嬢と緊急に話し合う必要があったのです」

つまり父親に席を外してほしいと頼んでいるのだ。で、再従兄弟のパーシバル付きってことなんだね。

「そうですか、私は書斎ですることがあるのでごゆっくりお話し下さい」

することとって読書だよね。やれやれ何を言いに来られたのかな？

「ペイシェンス、騎士クラブのごたごたについては知っているだろう。パーシバルから聞いて驚いたのだ。ハモンド部長は何を考えているのだ！　それに、それを放置していたルーファス学生会長も酷い！」

リチャード王子はかなりお怒りだね。

「でも、部長会議で乗馬クラブと魔法クラブは騎士クラブからの命令には従わないと宣言されて、他の部長たちもそれを支持されたと聞きましたわ。これで解決ではないのですか？」

横のパーシバルがぐっと拳を握りしめる。怒りを抑えようとしているみたい。

「それで収まったなら、ここには来ない。ハモンド部長はキースを巻き込んだのだ。だから、問題は大きくなる一方だ」

えっ、キース王子が？　それは大変だけど、リチャード王子がキース王子を諫《いさ》めれば良いだけの話に思えるよ。野菜残すのも叱っていたよね。叱るのに慣れていそうだもの。

「私だってキースを守りたい。なので、キースと話し合ったが、平行線なのだ。彼奴は、ハモンド部長を尊敬し切って、周りが見えていない」

ハモンド部長ってアルバート部長からは、ケチョンケチョンに貶《けな》されているけど、部員からすると良い部長なのかな？

ここまでリチャード王子の話を聞いても、私には関係ないし、何故来られたのかもわからない。

「リチャード王子、ここに来られる前にラルフ様やヒューゴ様と話し合われてはどうでしょう。私はマーガレット王女の側仕えですが、キース王子の学友ではありませんもの。それに騎士クラブについて知りませんわ」

そこで、リチャード王子の眉が顰められる。

「二人はキースに意見などできないと言うのだ。それで本当の学友と言えるのか？　だが、ペイシェンスにはキースは一目置いている。他の人から騎士クラブがどう思われているか話してやってくれ。目が醒めると思うのだ」

わっ、それは避けたい。

「リチャード王子をあれほど尊敬しているキース王子なのに説得できないなら、私には無理ですわ」

リチャード王子が微笑む。わっ、威圧を感じるけど、ここは負けられない。令嬢のか弱さを全面に出して抵抗するよ。

「それに私は騎士クラブについて何も知りませんもの」

興味も全くないしね。

ここまで黙っていたパーシバルが我慢できないと口を開く。

「ハモンド部長は、キース王子を青葉祭の試合に出してやると甘い言葉で操っているのだ。そして、乗馬クラブと魔法クラブにもキース王子を前面に出して無理を通そうとしている」

一度引き下がったのに、キース王子を利用して巻き返そうとしているんだね。ハモンド部長ってしぶといね。でも、そこにキース王子を利用するのはいただけないな。自分の勢力を拡大したいなら、自分で矢面に立つ覚悟が欲しいよ。あっ、腹が立ってきた。キース王子には欠点がいっぱいあるけど、優しい面もあるんだ。それを踏み躙《にじ》るなんて許せないよ。

「ペイシェンスなら理解してくれると思ったのだ。学友とはいえ、彼らは親からキースのご機嫌を取るように言い聞かされている。その上、目の前でマーガレットの学友があっさりと切られるのを見たから二の足を踏んでいるのだ。それも問題だがな」

あっ、それは私も理解できるよ。王族が見放すのって本当に簡単なんだもの。ゾクッとしたんだ。それにしても、私は一言も話してないのに、そんなに考えが顔に出ているのかな？

「リチャード王子、私はキース王子に意見するのは無理です。でも、ラルフ様やヒューゴ様に話してみますわ。彼らも前と違ってキース王子とは関係を改善している最中です。少し勇気を持つ必要があるのです」

とはいえ、いつもキース王子の側にぴったり引っついているから、二人と話し合えるかわからないけどね。なんて気楽なことを考えていた私は、リチャード王子の本気をわかってなかったのだ。

「良かった。ではこれからアンガス伯爵の屋敷に行こう。そこにラルフも呼び出しているのだ」

えっ、私が引き受けるのは、予定通りですか？　それに、キース王子と話すのは無理と答えるのもわかっていたの？

「ペイシェンスとは一年間一緒に食事をしたのだ。考えることなどわかっている。それにキースのことを真剣に心配してくれることもな」

やはりリチャード王子はできる王子だよ。嫌になるね。

ラルフとヒューゴと話し合う為にアンガス伯爵家に行くことが、リチャード王子により決定した。でも、私は令嬢なのだ。屋敷の応接室で話すなら父親の許可を得て、再従兄弟のパーシバルが同席すれば十分だが、外に連れ出すのには手順が必要だ。

父親にリチャード王子が許可を得て、メアリーが侍女として付き添う。それに私にはアンガス伯爵家を訪問するにあたって何か手土産も必要なのだ。ジョージに薔薇を花束にしてもらいメアリーが持つ。やれやれ、外出するのも大変だ。

リチャード王子はお忍びだ。だから馬車はパーシバルのモラン伯爵家のだ。うん、家の馬車より立派だね。この時の馬車の席順はリチャード王子が一番の上座、その横がなんと私。子爵令嬢なのに伯爵子息のパーシバルより上座なんだね。彼らは紳士だからレディファーストなのだ。そして、反対向きにパーシバルと付き添いのメアリー。メアリー、口が真一文字だよ。緊張しているみたい。

「ペイシェンス、本当にすまない」

本当だよ！　折角、弟たちと遊ぼうとしていたのにさ。

「いえ、私でお役に立つのかわかりませんが、ラルフ様やヒューゴ様と話してみますわ」

そう話すだけで馬車はアンガス伯爵家に着いた。本当に近いよ。というかグレンジャー子爵家の屋敷って本当に王都の一等地にあるんだね。売ったら、ナシウス大学に行けるよね？　もう少し王宮から遠い小さな屋敷に引っ越したい気分だよ。

「えっ、リチャード王子様」

リチャード王子にエスコートされてアンガス伯爵家に入る。ここにもお忍びだと連絡していたのか、玄関先でも大袈裟《おおげさ》な出迎えはなかった。ホッとするよ。でも、玄関にはアンガス伯爵とヒューゴとラルフが出迎えに立っていた。

「リチャード殿下、ペイシェンス様、パーシバル様、ようこそお越し下さいました」

和やかなアンガス伯爵、ヒューゴの大人版だね。今回は騎士クラブの話だとわかっているのか伯爵夫人は同席されていない。私も令嬢なのだから、同席は遠慮したいよ。挨拶が済み、伯爵家の執事にメアリーが花束を渡している。

「これはペイシェンス嬢、見事な薔薇ですな。家の温室では冬場にはこれほどの薔薇は咲きません」

知っているよ、だから高く売れるんだもん。

応接室は暖かった。うん、この暖かさ良いな。リチャード王子の横に座らされたよ。メアリーは他の部屋でもてなされるみたい。なら、侍女の付き添いって要らないんじゃないかな？

アンガス伯爵とリチャード王子が話している間、私もラルフもヒューゴもパーシバルも口を開かない。香り高い紅茶と砂糖ザリザリのケーキがサービスされた。ケーキはパスだよ。

一通りの社交辞令が終わり、リチャード王子が話を切り出す。

「アンガス伯爵、ここにラルフを呼んだのは、騎士クラブについて話したいからだ」

アンガス伯爵もヒューゴから話は聞いているのか、頷いて話の先を促す。

「ハモンド部長はキースの弱みにつけ込み利用しようとしている。キースは青葉祭の騎士クラブの試合に出たくて仕方ないのだ」

ラルフもヒューゴも頷く。彼らも注意はしたのだろう。

「それは若い王子様なら仕方がないでしょう。騎士クラブの試合は青葉祭のメインイベントとも言えますからな」

アンガス伯爵も王立学園に通ったので事情は知っている。

「だが、初等科の学生は身体が成長し切っていない。だから騎士クラブでは試合に出るのは中等科の学生だけと決まっていたのだ」

それもアンガス伯爵は知っている。

「それなのにハモンド部長がキース王子を試合に出してやると言って、利用しようとされているのですね」

そう、試合が問題ではないのだ。それを利用しているのが問題だし、それに利用されているキース王子が大問題なのだ。

「あのう、私は騎士クラブについては何も知りません。初等科の学生が試合に出られないのは、身体が出来上がってないからだと説明を受けましたが、何かできないのでしょうか？　剣の型を披露するとか、初等科同士の練習試合とか？」

パーシバルは難しい顔をする。騎士クラブの伝統を崩したくないのかもしれない。うん、私は部外者だから黙るよ。

「パーシバル様、ペイシェンスの案を考えて下さい。キース王子をハモンド部長の言いなりにしたくないのです」

ヒューゴが口を開いた。やはり、キース王子に忠告はしていたんだね。

「剣の型の披露なら、身体が出来上がってない初等科でも大丈夫なのではありませんか？」

ラルフも説得に失敗したんだね。パーシバルを説得しているよ。

「そんなにキースを甘やかすな。前から思っていたが、ペイシェンスはキースに甘すぎる。それにラルフとヒューゴもだ」

リチャード王子に叱られたよ。とんだとばっちりだ。

「まぁまぁ、ペイシェンス嬢もラルフ様もヒューゴもキース王子が利用されるのを案じてのことでしょうから」

アンガス伯爵はヒューゴの大きい版かと思ったけど、やはり大人だね。リチャード王子をやんわりと窘《たしな》める。私はやっぱりいなくて良いんじゃないかなぁ。うん、黙っていよう。叱られるのは嫌だもん。

あれっ、アンガス伯爵が私を見て微笑んでいる。私の考えを見透かしたのかな。異世界の貴族って怖いよ。

そこから数十分、リチャード王子、パーシバルとラルフ、ヒューゴでやり合う。

うん、この茶葉凄く高級だね。マーガレット王女の特別室にあるのと同じだよ。家で出した高級茶葉はどこから手に入れたのかな？　そう、私とアンガス伯爵は仲良く黙ってお茶を飲んでいたんだよ。家に帰って弟たちと遊びたいな。

アンガス伯爵も大変だね。なんて思っていたけど、テーブルの鈴を鳴らして執事を呼ぶ。

「リチャード王子、お茶でもいかがですか？」

同じ話の堂々巡りを、一度仕切り直そうとしたんだね。うん、アンガス伯爵は交渉が上手そうだ。見習おう。

「パーシバル様、騎士クラブには私も学生時代に所属していましたから、その伝統を守りたいと思う気持ちは理解できます。でも、それと同時に初等科の学生だった時の憧れや焦りも思い出しました。パーシバル様はいかがでしたか？」

へぇ、アンガス伯爵家は当主も騎士クラブに入るんだ。ヒューゴが嫡男なのに騎士クラブに入ったのはキース王子の腰巾着だからだとばかり考えていたよ。

「それは……確かに試合に出たいと思いましたが、それを我慢するのも騎士の修業だと思っていました」

おお、パーシバルって見た目が格好良いだけじゃなく、考え方もストイックだね。

「騎士クラブの運営はハモンド部長に任すしかないか。なら、キースを利用させないようにすることだけを考えよう」

リチャード王子は学生会長だったからね。クラブ運営は各クラブの部長の采配に任すと言っていた。あれっ、これって使えない？

「リチャード王子、学生会の規則に他のクラブへの強制を禁じる規則はありませんでしたか？」

ハッとリチャード王子が目を輝かせる。

「そうだ。学生会長に選出された時に、隅から隅まで読んだのだ。他のクラブに強制したクラブは廃部だと厳しい規則があった。これは各クラブの自主性を重んじる為の規則だ。これで騎士クラブは廃部だ！」

パーシバルとラルフとヒューゴから悲鳴と抗議の声が上がる。

「そんな無茶な！」

「それは酷すぎます！」

「嫌だ！」

私は騎士クラブに興味はないけど、それは厳しすぎるよね。でも、魔法クラブと乗馬クラブは実害を受けている。新入生勧誘に失敗したり、クラブメンバーが退部したりね。

「パーシバル、ルーファス学生会長はこの規則をしっかり読んでいないのだろう。教えて騎士クラブを廃部にするのだ」

これでキース王子がハモンド部長の支配から逃れられるとリチャード王子はスッキリした顔だ。うん、問題が拡大しただけだよね。それにこのままでは、兄弟喧嘩になるよ。

「私はハモンド部長のやり方には賛成できませんが、騎士クラブを廃部にする手伝いなどできません」

パーシバルの発言に何故かアンガス伯爵まで頷いている。これはリチャード王子の煽《あお》りだな。全員、引っかかっているよ。えっ、リチャード王子、私に目で合図しないで下さいよ。やれやれ。

「まぁ、それではキース王子が悲しまれますわ。キース王子は入学された時から、騎士コースを専攻するから、騎士クラブに入ると自己紹介されるほどなのです。もっと穏やかな解決策を皆様で考えてあげて下さい」

それから、ああだ、こうだと話し合いが続き、ハモンド部長に責任を取ってもらい辞任させて、廃部を免れることに落ち着いた。

「それは私からルーファス学生会長に伝えておく。パーシバルやラルフやヒューゴは関わらない方が良い。ハモンドは武門の家の出だからな。睨まれたら後々面倒くさいぞ」

ラルフやヒューゴは、ハモンド部長が辞任したらキース王子が荒れそうだと心配している。

「学生会の規則なら本来は廃部なのだ。それをハモンド部長の辞任で済ませてもらったのだと説得するのだな。そのくらい学友なのだからできなくてどうする」

アンガス伯爵、結構ヒューゴに厳しいね。

「そうだな。ルーファス学生会長には一旦は廃部と宣言させよう。そして、騎士クラブからの嘆願書とハモンドの辞任を提出させて、それでやっと廃部を免れる流れが良いと伝えておこう」

そんな大嵐が吹き荒れている最中のキース王子の大騒ぎを想像して、私とラルフとヒューゴが頭を抱え込んだ。

「ペイシェンス、キースのフォローをお願いしておく。どうせ一緒に昼食を食べているのだろう。愚痴を聞いてやれ」

えっ、私に丸投げですか？

「それはラルフ様やヒューゴ様にお任せしますわ。私はマーガレット王女の側仕えとして昼食を共にしているだけですもの」

逃げるに限るよ。あっ、リチャード王子の微笑みが深くなる。怖いよ。威圧じゃないの？

「いや、ラルフやヒューゴには授業中などのフォローを頼むから、昼食時はペイシェンスに頼んでおく。マーガレットと姉弟喧嘩をされては困るからな」

私は今年の抱負に『NOと言える女になる！』を掲げるべきだったのかもしれない。

リチャード王子は満足して、そしてパーシバルは複雑な顔をして、屋敷に送ってもらった。私は嵐に飲み込まれないようにしたいと腰が引けた状態だよ。

「そうだ、夏に塩の生産を手伝ってもらった褒美はもう聞いたか？」

そういえば、そんな話もあったね。卵やバターや砂糖が入った籠が二つになったのがご褒美かなって思っていたんだ。最初はしょぼいなんて感じたけど、継続して二つだからね。結構、ありがたいんだ。それとも冬の討伐で魔物の肉をもらったのがご褒美だったのかな？　あれ？　聞いたってことは違うよね。

「そうか、グレンジャー子爵は話されていないのだな。なら、私も言うわけにいかないか」

クスクス笑うリチャード王子だけど、そんな生殺しみたいなことを言わないで下さいよ。目で訴える。

「ははは、グレンジャー子爵に聞きたまえ。私が褒美について話していたと言えば教えてくれるはずだ」

キース王子をハモンド部長から引き離す算段がついてご機嫌なリチャード王子と玄関の前で別れる。

「そうだ、今回の褒美も考えておくよ」

もうご褒美は結構だから、問題に巻き込まないで下さい。なんて言えないんだよね。

昼食後は弟たちと温室で苺狩りだ。うん、まだ赤みが薄いけど「赤くなれ！」と後押しする。

「まだ緑が残っているのは採っては駄目よ。それは来週に置いておきましょう。それとへンリー、もう五粒食べたでしょう。その摘んだのは籠に入れてね」

六個目を口にしようとしていたヘンリーは「はい」と残念そうに籠に入れる。うん、もう一個ぐらい食べても良いんだけど、お腹が緩くなったら困るからね。

「お姉様、薔薇をあんなに切って大丈夫なのですか？」

ナシウスは温室の枝と葉っぱばかりになった薔薇の木を心配そうに眺める。

「大丈夫ですよ、少し魔法で後押ししておきますからね。数日経てば花が咲くでしょう」

私はこの温室で薬草まで育てられるかな？　と考える。薔薇を抜けば大丈夫そうだけど、それも可哀想な気がする。薔薇の花のお陰で助かっていたのだ。秋から冬は領地もすることが少ないからか貴族が王都ロマノに集まり、社交界が賑《にぎ》やかなのだ。パーティに薔薇を売って、かなり儲かっている。アンガス伯爵家でも温室はあるみたいだけど、我家ほどの薔薇は咲いていないと言っていたもんね。

「もう少し広ければ良いのに！」

これは願望であって魔法ではなかったのに、身体から魔力が流れ出す。思わず隣にいたナシウスの肩に手を置いて、倒れそうなのを我慢した。

ひどい眩暈で目を瞑っていたが「凄い！」と騒ぐヘンリーの声で目を開ける。

「お姉様、大丈夫ですか？」

ナシウスは心配そうに私の顔を見ている。あっ、視線がほぼ同じだ。

「ナシウス、背が高くなったのね」

ナシウスに呆れられたよ。

「お姉様、それどころではありません。温室が広くなりました。これはお姉様の生活魔法ですか？　私は図書室の本で調べましたが、生活魔法で物を修復したり、温室を広げたりできるなんて、どの本にも書いてありませんでした」

うん、魔法学の教科書にも学園の図書館の本にも書いてなかったよ。調べたもん。

「これは変だわ。私は温室がもっと広ければ良いと願ったのは確かだけど、魔法を使ったつもりはないの」

魔法の暴走は怖い。人に悪意を持って、それが勝手に魔法で傷つけたりしたら大変だ。

「父上と話された方が良いです」

ナシウスの灰色の目が心配そうに曇る。お姉ちゃん、失格だよ。弟に心配をかけるなんてね。なんて考えていたら、ナシウスは私の斜め上を行っていた。

「私は姉上をお守りしたいのです。無理をしないで下さい」

あれっ、お姉様から姉上に変わったね。ナシウスも大人になっていくんだ。嬉しいような悲しいような。お姉ちゃん複雑だよ。なんて考えている場合じゃないよ。

私は父親に相談する為に、籠もっている書斎の前に来た。うん、職員室に入るのと同じ感じがする。つまり苦手なんだよ。でも、気になるからノックする。

「誰だい？」

「お父様、ペイシェンスです。少し時間をいただけますか？」

許可を得て中に入る。うん、読書の最中だったみたいだね。本に栞《しおり》を挟んで、机の上に置いたよ。書斎は狭いから暖炉の小さな火でも暖かい。私もここにお籠もりしたいよ。

「ペイシェンス、お前から話があるなんて珍しいな。そこに座りなさい」

そうだったかな？　そうかもしれない。父親から書斎に呼ばれるだけで、私から話に来たことはなかったかも。

「実は、私の魔法が勝手に温室を広げたのです。広くなれば良いなと考えたのは確かですが、魔法をかけたつもりはなかったのです。だから、魔法が暴走するのではと心配になって相談に来たのです」

父親は最後まで真剣に聞いてくれた。

「私は生活魔法に詳しくない。それで本で調べたのだが、ペイシェンスのような生活魔法についての記述はどこにもなかった。

だが、お前を見て魔法の暴走は感じない。身体が成長するにつれて魔力が増えるのはよく聞く話だが、ペイシェンスの魔力は凄い勢いで増えているように感じる。自覚して、落ち着くまでは無詠唱で魔法を使うのはやめておきなさい」

そうか、ペイシェンスの身体は成長期で背もグングン伸びている。そして魔力も増えている。それは感じていたよ。

「お父様、あの詠唱は少し恥ずかしいのですが……」

父親に爆笑された。おっ、父親もこんな風に笑うんだね。

「ああ、すまない。恥ずかしいほどの詠唱はしなくても良いだろう。だが、魔法を使う時ははっきりと意識して、魔法の名前ぐらいは唱えなさい。無意識で魔法を使うのを癖にしてはいけないよ」

うっ、思い当たることが沢山ある。

「私は縫い物や刺繍や織物をしていると無意識で魔法を使ってしまうのです。どうすれば良いのでしょう」

生活魔法は詳しくないと断って父親はアドバイスしてくれた。

「ペイシェンスが無意識でも生活魔法を使うのは、魔法を使う方が早かったり、綺麗にできたりするからではないか？　なら、初めから意識して生活魔法をかけるか、絶対に使わず手仕事をするか決めてやりなさい。それに成長期が終わり、魔力の拡大も穏やかになれば魔法の暴走などなくなるさ」

私は手仕事に熱中して無意識に生活魔法を使う感覚が好きだったので、少しがっかりした。初めから生活魔法を使うのは、少し違うんだよ。内職は別だけどね。

私がガッカリしたのがわかったのか、それともリチャード王子の訪問で思い出したのか、父親がご褒美について話してくれた。

「ペイシェンスは海水から塩を作るやり方をリチャード王子と考えたそうだね。そのご褒美としてお前のロマノ大学の奨学金をいただいたよ。王立学園を卒業したら、ロマノ大学に入学しなさい」

えっ、それがご褒美だったんだ。でも、それならナシウスに譲りたい。

「お父様、その奨学金はナシウスに譲りますわ」

父親が厳しい顔をした。初めて見る顔だよ。

「ペイシェンス、これはお前に下さったご褒美だ。ナシウスに譲ったりしてはいけない」

ビシッと言われてしまったよ。凄く残念だ。あれっ、父親の唇がブルブル震えている。怒りを抑えているのかな？

「ぷふぁ！　ペイシェンス、ナシウスのことは心配しなくても良い。王妃様からマーガレット王女の側仕えのお前を労《ねぎら》ってご褒美をもらっているのだ。その手紙には『弟想《おも》いのペイシェンスにはこれが嬉しいでしょう』と書いてあった。ナシウスの奨学金ももらっているのだ。だが、ナシウスには中等科になるまで内緒だぞ」

笑いながら話す父親を睨みつける。ぷんぷん！

「お父様、本気で譲れないのかと心配したのに酷いですわ。大学を出たら官僚になれるのかしら？」

父親は笑うのをやめた。そして真剣な顔をして私を見つめる。

「官僚に本当になりたいのか、中等科で真剣に考えてみなさい。他の道を選んでも良いのだよ。それに大学で別の道を見つけるかもしれない」

そうだね。まだペイシェンスは一一歳なのだ。官僚に決める必要はない。あれっ、異世界の親って娘に大学なんか勧めるかな？　まぁ、持参金ないし、職業につくなら大学へ行った方が有利かもね。それに大学に入学する時、ペイシェンスは一四歳だもの。結婚には未だ早いと考えているのかもしれない。

父親にリチャード王子の塩作りを手伝ったご褒美を教えてもらってうきうきする。それに温室も広がったしね。

「何を植えようかしら？　春になったら変わった色の薔薇を学園の庭から切ってきて、植えても良いわね。薬草も売れるなら、育てても良いわ」

お金儲けのことを考えると元気になるよ。

「お姉様、お父様と相談されたのですね。良かったです」

あれっ、また姉上からお姉様に戻ったよ。あれは緊急事態だったからかな？　どっちだって良いよ。少しずつ呼び方が変わるように、ナシウスの中の私も変わっていくんだろう。王立学園に入学したら友だちが増えて、私の存在は少しずつ小さくなっちゃうのかな。少し寂しいけど、いっぱい友だちを作ってもらいたい。

午後からは弟たちにハノンとダンスを教える。二人で組ませて踊らせるのだけど、可愛いよ。ハノンは新しい練習曲を何曲も作ってあるから、二人とも楽しんで弾いている。

「ナシウス、指の練習曲も弾かなくてはいけませんよ」

ペイシェンスの持っていた練習曲は退屈だけど、指の練習には良い。ナシウスにも練習させせないといけない。

それからはグリークラブの宿題だ。やはり私は押しに弱いんじゃないかな？　前世のラブソングを思い出しながら弾く。結構な数を弾いたけど、これでオペラになるのかは不明だ。でも『アメージング・グレイス』とか素敵だよね。思わず歌いたくなるけど、歌詞は前世のしか知らないんだよね。鼻歌を歌っていたら、ナシウスもハミングした。

「お姉様、素敵な曲ですね」

「そうですね。でも、歌詞を作るのは苦手なの。これは神様に捧げる為の曲よ」

前世の賛美歌だから、嘘じゃないよ。それにしても、曲は思い出しながら弾けても、譜面に起こすのは大変だ。

「あっ、サミュエルは得意そうなんだけどね」

私は寮生だし、サミュエルは通学生だ。週末しか手伝ってもらえない。

「ねぇ、ナシウスは従兄弟と会いたくない？　サミュエルをここに呼ぼうと思うのよ」

本来なら弟たちとの時間を誰にも邪魔されたくないけど、譜面に起こすのは、本当に苦手なんだよね。部屋でサミュエルに手伝ってほしいと手紙を書いて、メアリーに届けてもらう。ノースコート伯爵家は、すぐ近くだ。本当にリリアナ伯母様、いくら嫁いだ身だからといって、あの窮乏生活をよく見て見ぬ振りしていたものだわ。ぷんぷん。

でもまぁ、無職のままの父親に腹を立てていたのかもしれないね。伯爵家からしたら、貧乏な上に働かない親戚の世話なんかしたくなかったのかも。とか考えているうちに返事が来た。

「明日の午後か、仕方ないね」

本当は今からでも手伝ってほしいぐらいだけど、もう午後のお茶の時間も過ぎている。グレンジャー家では、お茶の時間なんて優雅な習慣はないけど、他所の屋敷を訪問するには遅い時間だ。それと午前中もなるべく訪問は避けるのがマナーだよ。特に昼近くはね。リチャード王子！

アンガス伯爵家では気をつかってお昼を用意したりしていたと思うよ。まぁ、食べずに帰ったけどね。グレンジャー家だったら数日また薄いスープになるほどの打撃だよ。アンガス伯爵家には関係ないか。

私は、明日は夕方に寮に行くとワイヤットに伝える。ついでに質問があるんだよ。

「ワイヤット、下級薬草や下級回復薬は売れるのかしら？」

ワイヤットは難しい顔をする。

「下級薬草は、冬場は少しは高く売れますが、春になったら冒険者の初心者が沢山採ってきますから、安くなります。それと下級回復薬は薬師の許可がないと売れません」

そりゃそうだよね。私の上級回復薬はマキアス先生が許可して売ってくれているのだ。

「薬師の資格は王立学園でも取得可能ですよ」

びっくりした！

「ええっ、薬師の資格が取れるの？」

ワイヤットは私が驚いたのが面白いみたいだ。

「ええ、下級薬師ですが、確か薬草学と薬学の修了証書をもらって薬師の試験を受ければ取得できますよ」

そんなこともご存じありませんでしたかと呆れられる。

「それと王立学園の騎士コースを卒業したら、騎士団の見習いになれます。文官コースを卒業したら、下級官僚の試験が受けられます。家政コースも女官試験が受けられます。魔法使いコースは下級王宮魔法使いの試験ですね。他にも色々な資格試験を受けることができます」

ふむふむと聞いていたが、女官試験以外は下級がつく。

「もしかして上級試験を受けるには大学卒業が必要なの？」

「いえ、実際に働いて上級試験を受ける資格も獲得できます。下級官僚として働きながら勉強して、上司の推薦がもらえれば上級官僚試験を受けられるはずです」

それは難しそうだ。ナシウスは奨学金をもらえたけど、ヘンリーはどうなるのだろう。

「大学を出て騎士団に入ったら、見習い免除なの？」

ワイヤットが少し考えてから答える。

「騎士団にもよります。近衛隊や第一騎士団は、大学卒は見習い免除だと聞きました。この騎士団は、ほぼ上級貴族の子息が入団しますから。でも、王立学園から入る代々騎士の子息もいますよ」

「サリエス卿は王立学園を卒業して第一騎士団に入団されたと聞きましたわ。モンテラシード伯爵家なのに大学は行かれなかったのね」

サリエス卿は勉強が苦手だったのかな？　なんて思っちゃった。

「それは、早く騎士団に入ると、早く出世しますからね。大学卒を取って二年の見習い期間を短縮しても、その間に同級生は上の階級になっている場合もあります。だから、普通は騎士団に入団すると決めている方は大学へ行かれないですね。でも、参謀タイプの方は大学で学ぶことを重要視されます」

なるほどね。騎士コースはややこしいな。でも、ヘンリーが大学へ行きたいと思ったら進学できるようにしたい。

「まずは、薬草学と薬学の修了証書をもらうことを目標にするわ」

ワイヤットに呆れられたよ。

「そんなに簡単ではございませんよ」

秋学期には取るよ！　ああ、本当に忙しい。夜は陶器に細密画を描く内職もしなくちゃいけないしね。これは初めから生活魔法を使うよ。内職は趣味と違うからね。

日曜の朝は弟たちと勉強をした。普段は父親が勉強を見てくれているみたいだけど、私も法律と行政を勉強しなくてはいけないからね。

ヘンリーはもう勉強に飽きたみたいだ。うん、私も集中力が落ちてきた。ナシウスはまだ集中している。うん、賢いね。

「さぁ、少し運動をしましょう」

寒いけど、庭で縄跳びをする。だってペイシェンスは身体を鍛える必要があるんだよ。でも、ナシウスはかなり体力がついたね。乗馬訓練と剣術訓練のお陰だ。

「あっ、忘れていたわ」

そう、いくら親戚とはいえ、サティスフォード子爵家とモンテラシード伯爵家に何かお礼をしたいと思っていたのだ。とはいえ、グレンジャー家にはお金の余裕なんてない。アマリア伯母様、従姉妹のラシーヌ、シャーロッテ伯母様、リリアナ伯母様の顔を思い浮かべて考える。うん、うちと違ってなんでも持っている。貧乏すぎて、わからないよ。

「そうだ、昼からサミュエルが来るから尋ねてみよう」

まぁ一〇歳の男の子が母親が欲しがる物なんか知らないよね。サミュエルが家に来た時には、そんなことはすっかりと忘れていた。

「サミュエル、ようこそいらっしゃい」

サミュエルは応接室のハノンを見て目を輝かせる。

「ペイシェンス、このハノンは美しいな」

意外と見る目があるね。

「ええ、このハノンは王妃様からいただいたのよ」

「そうか、こんな美しいハノンはなかなか見られない」

あっ、そうだ。尋ねてみよう。

「サミュエルは、リリアナ伯母様が欲しがっている物とか知らないよね」

あっ、サミュエルが口をとんがらす。

「そのくらい知っているさ。母上は美しい物が大好きなのだ。宝石とか美しいドレスとかは幾らあっても満足されない」

それは無理そうだ。

「そっか、リリアナ伯母様はお綺麗だからね。さぁ、サミュエル、弾いてみるから楽譜に起こすのを手伝ってね」

気を取り直して、グリークラブの為の新曲を弾く。

「ペイシェンス、素晴らしい」

サミュエルは聞き惚《ほ》れているよ。

「サミュエル、褒めてもらうのは嬉しいけど、楽譜を書いてほしいのよ」

するとサミュエルはスルスルと楽譜を書き始めた。

「まぁ、サミュエルは本当に天才なんじゃない？」

あっという間に一曲書き上げた。

「暗記すれば書けるよ。ペイシェンスは違うのか？」

「自分ができるからといって他人ができるわけじゃないわよ。それなら次を弾くわ」

何曲か弾いて、楽譜も書いてもらった。

「少し休憩しましょう。九歳と七歳だけど、弟たちと一緒にお茶にして良いかしら？」

サミュエルは、格好つけて「良いだろう」なんて言ったけど、嬉しそうな顔だよ。

「ナシウス、ヘンリー、こちらがノースコート伯爵家のサミュエルよ。従兄弟にご挨拶なさい」

ナシウスとヘンリーが挨拶すると、サミュエルも挨拶を返す。

「さぁ、お茶にしましょう」

お茶はワイヤットがどこからか調達してきた上等な茶葉だ。お菓子はサミュエルのおもたせを少しアレンジした。砂糖ジャリジャリのケーキを小さな角切りにして、苺や梨のコンポートの角切り、そしてヨーグルトと和《あ》えて、小さな器に盛ったのだ。そう、ヨーグルトがカスタードクリームならトライフルだよ。

「わぁ、綺麗なお菓子ですね」

ヘンリーは素直だね。

「うん？　これは持ってきたケーキではないか？」

サミュエルは本当に鋭いね。

「ええ、サミュエルの手土産をアレンジしたのよ。この方が食べやすいでしょ」

「まぁ、見た目は可愛いな」

一応、褒めているのかな？　ひと匙掬《さじすく》って食べる。

「うん、美味しい」

やれやれホッとしたよ。

それからは男子三人で遊ばせる。

「縄跳びは面白いな。これなら一人でも遊べる」

「そんな寂しいことを言わないでよ。いつでも来て良いのよ」

フン、とそっぽを向いたけど、サミュエルの耳が真っ赤だ。うん、拗らせ男子も可愛いよ。

あっ、でも乗馬教師も来るんだよ。忘れていたよ。

「さあ、私は寮に行く支度をしなくてはいけないわ。ナシウスとヘンリーは乗馬訓練を頑張ってね」

逃げようとしたのにサミュエルに捕まった。

「ペイシェンス、馬ぐらい乗れなくては困るぞ」

ナシウスもヘンリーも私をじっと見つめている。ううう……苦手だからと逃げてはいけないよね。

「少しだけ練習するわ」

そこからはサミュエルに厳しく駄目出しされた。こんなことなら、弟たちと遊ばせたりしないで、ずっと楽譜を書かせておけば良かったなんて、思ってないよ。半分しかね。

「ナシウスももう少し頑張れば乗馬クラブに入れるぞ」

「あら、サミュエルは乗馬クラブに入ったの？」

「ああ、もう騎士クラブの馬の世話はなくなったからな。ダニエルもバルディシュもクラウスも入ったんだ。音楽クラブも楽しいし、乗馬クラブもまだ入ったばかりだけど楽しそうだ」

学園生活をエンジョイしているようで良かったよ。

ヘンリーは、乗馬クラブは何をするのかと熱心に聞いている。割とサミュエルって面倒見良いな。ナシウスとヘンリーと楽しそうに乗馬をしている。そろそろ本当に寮に行く準備をしなくちゃ。

「サミュエル、私は寮に行くけど、もう少しナシウスとヘンリーに乗馬を教えてくれる？」

サミュエルも本当はもっと遊びたかったようだ。

「ナシウス、ヘンリー、私が障害物の跳び方を教えてやるよ」

「わあい、私も跳びたい！　お姉様、いってらっしゃい」

「私も教えてほしいです。お姉様、身体に気をつけて下さいね」

ああ、段々とお別れがあっさりしてきているね。お姉ちゃん、寂しいよ。

第九章　新生騎士クラブ

寮に着いたけど、マーガレット王女はまだ王宮だ。

「そうだ、温室の薬草に水をあげなきゃ」

コートを着直して、温室へ向かう。

「あらら、これは酷いわね」

私の畝には大きくなった下級薬草がわっさりと生えている。でも、何筋かの畝の薬草は元気がないというか、枯れかけている。

「きっと金曜に水をやらずに帰ったのね」

自分の畝だけでなく、元気のない薬草にも水をあげたいけど、それでは薬草学の授業を受ける意味がないのだ。

「あっ、ベンジャミンも忘れたのね。もしかしてブライスも」

あの二人は錬金術クラブに遅くまでいたものね。私は土曜に水をやったけど、通学生は普通は来ない。

「今回だけよ」

少し元気のない薬草のベンジャミンとブライスの畝にも水をやっておく。

「あっ、アンドリューを忘れていたわ」

いつもベンジャミンと喧嘩ばかりしているけど、同じクラスなので不公平は良くないよね。名札を見て、ついでに水をやっておく。

寮に帰って冷えた身体を暖炉の前で暖めながら、法律の教科書を読む。

ゾフィーに今回も「お着きです」と教えてもらった。うん、教科書を読むのに集中していたんだ。だって修了証書をもらいたいからね。

「ペイシェンス、リチャードお兄様から聞いたけど、貴女はパーシバルの再従兄弟なのね」

リチャード王子の名前が出たので、ドキッとした。

「ええ、私の大叔母がモラン伯爵家に嫁いだそうです」

マーガレット王女は少し考えて笑う。

「つまり、とても遠い血縁なのね」

この話はどこに続くのかわからない。

「ええ、かなり血は遠いです」

パーシバルみたいに超ハンサムはきっとモラン伯爵家の血筋だよ。ナシウスもヘンリーも可愛いけど、パーシバルみたいな誰もが見惚《みと》れるような美青年にはならないと思う。私がその分愛してあげるからね！

「ふうん、ならペイシェンスはパーシバルと結婚するのになんの問題もないのね」

私はゾフィーの淹れてくれた紅茶を飲んでいたのだが、咽《む》せてしまった。

「申し訳ありません。結婚なんか、あるわけありませんわ」

マーガレット王女は不審そうな目で私を見る。

「あら、そうなの。お兄様はパーシバルがペイシェンスを高く評価していると話されたわ。だから……でも、勘違いなのね。残念だわ」

何が残念なのか聞きたくないよ。きっと、キャサリンたちが夢中なパーシバルが私と良い仲なら面白いとかなんとかだろう。

「それよりグリークラブへの新曲を何曲か作ってきました」

音楽ラブのマーガレット王女は、目を輝かせる。

「まぁ、何曲も！　やはりいつもはサボっていたのね」

「違います。今回は従兄弟のサミュエルに楽譜を書いてもらったのです。まだ清書はしていませんが、ほら私の書く楽譜と違いますでしょ」

楽譜を見て「ペイシェンスのより勢いよく書いているみたいね」とサミュエルが一気に書いたのを察知した。

「サミュエルは一度聞けば、弾けると言っていたわね。ということは、この楽譜も貴女が一度弾いたのを聞いて書いたのね。本当にサミュエルは天才だわ！」

御免、サミュエル。楽譜係になりそうだよ。

「これからは譜面に起こすのはサミュエルに任せたらどうかしら？　そうすれば、何曲でも新曲を楽しめるわ」

マーガレット王女に憧れているサミュエルなら、直接頼めば断りはしないだろう。でも、土日がそれで毎回潰れるのは嫌だよ。

「さぁ、サミュエルは乗馬クラブにも入ったようですから忙しいと思います」

あっ、しまった。クラブのかけ持ちは禁句だった。マーガレット王女の眉が少し上がる。

「歌詞はアルバート部長にお任せしますが、新曲を弾いてみますね」

あたふたとハノンに逃げた。

「まぁ、素晴らしい曲ばかりだわ。グリークラブにあげるのは勿体ないわね。他にも作ったらどう？」

マーガレット王女の気紛れにはついていけないよ。

「清書してアルバート部長に渡しますわ。歌詞をつけてもらわないといけませんもの」

ここからはアルバート部長に任せると決めた。あとは、騎士クラブのごたごたについてマーガレット王女に話すかどうかだ。

話したら、きっと叱られる。そんな暇があったならもっと新曲が作れたはずだと。

「マーガレット様、少し面倒なお話があるのです」

私の顔を見て、マーガレット王女はなんとなく察したようだ。

「もしかして騎士クラブの件かしら。それは解決したと思っていたけど……そうね、卒業されたお兄様がパーシバルと会うなんて変ですもの」

マーガレット王女も変だと思ってパーシバルと私の関係を探ったのかもしれない。あれこれ聞かれたよ。

「この一週間は嵐になりそうですわ。なるべく嵐に巻き込まれないようにしたいです」

言っていても自分で信じてないので、虚しいよ。

「キースは大騒ぎしそうね。なるべく気に障ることはしないでね」

えっ、私ですか？　なんか不本意ですが、嵐が過ぎ去るまでは大人しくしておこう。

そう決意したのに、夕食でばったり会ってしまった。だから、もっと早く食堂に行こうとマーガレット王女に言ったのに、新曲を自分で弾きたがったからだと内心で愚痴る。

「姉上、一緒に食べませんか？」

側にはラルフやヒューゴもいる。マーガレット王女、断ってほしいな。

「ええ、でも貴方の学友も一緒に食べましょう」

ああ、ラルフとヒューゴ、そんな顔しないでよ。元々、そちらはキース王子と一緒でしょ。あれっ、これって私がキース王子と揉めるのを心配しているのかな？　マジ？　そうなの？

夕食は嵐の前の静けさだった。マーガレット王女は、特別室に帰ると溜息をつく。

「こんなの耐えられないわ。いつ、騎士クラブの廃部をルーファス学生会長は公表するの？」

「私は具体的な話は何も……リチャード王子にお聞き下さい」

早く騎士クラブのごたごたがおさまり、キース王子が平常に戻りますようにと願う。


月曜のホームルームは少しざわついていた。それにカスバート先生は明らかに不機嫌さを隠してもいなかった。騎士クラブの廃部が公表されるのだ。私は騎士コースの男子は知り合いがいないが、文官コース、魔法使いコースのクラスメイトの顔はわかる。知らない騎士コースの男子が怒りを抑えきれない様子で椅子に座っている。

三〇人ほどの教室で、一五人が女学生、あとが男子学生で、魔法使いコースは三人、文官コースが七人、そして騎士コースが五人だ。初等科一年Aクラスは男子が二〇人と多かったのはキース王子の学友にさせようと、数か月早い子や遅い子も生年月日を誤魔化して、同じ学年に入ったからだ。中等科一年A組はマーガレット王女の友達になりたい女学生が多い。やはり女の子の生年月日を誤魔化して同学年にしたのかな？　でも、キース王子のクラスほど性別の差はない。

王立学園には貴族の子は全員通うのが決まりだ。そして試験を受けて合格した平民もいる。そのCクラスは男子学生が多い。それと噂で地方貴族や下級貴族、庶子の女子は入学させないことが多いと聞いた。庶子でも男子は入学させないと良い職が得られないからさせる。では入学させてもらえなかった庶子の女子はどうなるのか？

「そこらへんの金持ちの商人に嫁がされたり、地方の貴族の妾《めかけ》ね」

異世界で女の子の扱いは低い。

こんなことを考えているのは、カスバート先生から「学生会からの通達だ。騎士クラブは他のクラブの自主性を阻害したので罰として廃部にする。以上だ」と通達を読み上げたからだ。蜂の巣を突《つつ》いたようになっている。まぁ、女子も驚いてはいるが、男子、とくに騎士コースの五人は内々に何か処分があると聞いていたのだろうが「信じられない！」「嘘だろ！」と大声で叫ぶ。

「カスバート先生、何かの間違いです。伝統ある騎士クラブが廃部だなんて。一週間の活動停止とかではないのですか」

どうやらカスバート先生は騎士クラブの顧問みたいだ。脳筋だからハモンド部長のやっていることに気づかなかったのか、気づいても止める必要を感じなかったのかもしれない。本来は騒ぎを静めるべき担任が騎士クラブのメンバーと一緒に怒っている。

「マーガレット様は国語、育児学でしたね。昼からのマナーは王宮でのお茶会を思い出して書かれたら合格ですよ。私は外交学と世界史ですから、教室を移動しませんと」

「ペイシェンス、貴女とても冷静ね。私は昼食が怖いわ」

「私もキース王子がどれほどショックを受けられるか心配です。お昼を抜くのもありかもしれません」

マーガレット王女も一瞬抜こうかと考えたが、首を横に振る。

「いいえ、キースが馬鹿なことをしないように監督しなくてはいけませんもの。お昼は一緒に食べましょう」

一時間目の鐘が鳴ってもカスバート先生の周りの男子学生たちは騒いでいる。でも、文官コースや魔法使いコースの何人かの学生は席を立った。あいにく、この教室で国語を受ける学生は残るしかない。国語の先生がカスバート先生を追い出してくれるだろう。

外交学、世界史の授業中もなんとなく学生が上の空で先生に叱られる場面も多かった。

「カザリア帝国の初期、帝国を発展させた四賢帝について調べてきたことを発表してもらうぞ。前回窓際に座っていた学生は一賢帝のフラピオ。次の列は二賢帝のバブリス。真ん中の列と隣は三賢帝のルキウス。廊下側の席は四賢帝のマキシムだ。フラピオ帝から発表してくれ！」

さすがに発表は調べてきたことを読むのだから、皆ちゃんとできた。私は二賢帝のバブリスだ。図書館で調べようと思ったけど、先に借りられていた。こんな時は家の図書室が立派で良かったよ。私も調べてきたことはちゃんと発表した。

「皆、上の空だな！　どうしたのだ？」

発表はちゃんとするが、人の発表を聞く態度がふわふわしている。私も、これからの嵐のことばかり考えていた。

「来週はもう少し気合を入れてくれたまえ」

先生も騎士クラブの話は知っているようだ。でも、それと授業は別だよね。反省！

ああ、上級食堂《サロン》へ行かなくてはいけない。胃が重たいよ。

「何？　これは？」

いつもは優雅な雰囲気の中で上級貴族の学生が談笑しながら昼食を取る場所が、諍《いさか》いの場になっている。

「ペイシェンス、こちらよ」

マーガレット王女は先に上級食堂《サロン》に着き、衝立《ついたて》を設置させていた。だが、青葉祭とは違って食堂の三分の一ほどを囲い込ませている。

「あの騒動に巻き込まれたくない女学生や学生の避難場所を作らせたの。少しは落ち着いて食べられるかと思って」

衝立の中では、騎士クラブの廃部の騒動に不安そうな女学生たちが普段より大人しく昼食を取っていた。

「一応、キースたちの席も確保しておきますが、きっと昼食どころではないでしょう」

衝立の中は凪《な》いでいるが、外の嵐の激しさがビリビリ伝わってくるので、食が進まない。

「おお、良い席が残っていた。マーガレット様、同席しても良いですか？　あちらは食事を取る雰囲気ではありません」

アルバート部長とルパート、そして音楽クラブのメンバーも逃げ込んでくる。

「ええ、こちらであの問題を口にしなければどなたでも席に着いてよろしいですわ」

サミュエルたち一年生も逃げてきている。

「サミュエル、ここでは乗馬クラブの話題も駄目ですからね」

一応、注意しておく。騎士クラブが廃部になったのは乗馬クラブと魔法クラブに強引な干渉をしたからだ。

「ああ、わかっている」

サミュエルの表情で、騎士クラブの学生とやり合ったのだとわかった。

「さぁ、昼食を取りなさい」

音楽クラブの一年も食べだしたので、マーガレット王女もホッとする。

「あとの方は自ら望んで激論に参加されているのでしょうから、放置しておきましょう」

かなり昼食の時間が経ったがキース王子は来なかった。つまり、大騒ぎして昼食どころではないのだろう。

月曜の午後からは魔法使いコースの選択科目ばかりだ。魔法使いコースも騎士クラブ廃部の話題で騒いでいる。でも、どちらかというと「良い気味だ！」という感じの意見が多いみたいだ。魔法クラブも被害を受けていたから当然な反応なのかも。

「あら、ベンジャミン様は、錬金術Ⅱは飛び級されたのでは？」

私はもっと魔法灯を作りたいのと、錬金術Ⅲが今の時間割のどこにも入れられないので、キューブリック先生に頼んで錬金術Ⅱの授業に来たのだ。

「あぁ、ここへはペイシェンスを迎えに来たのだ。金曜は閉門ギリギリまで粘って明るさの調整ができる魔法陣を考えていたのさ。やっとできたからペイシェンスを呼びに来たわけだ」

「えっ、できたのですか？　でも……」

私が躊躇っていると、キューブリック先生は笑って「行ってこい！」と言ってくれた。

「元々、ペイシェンスは、錬金術Ⅱは合格なのだ。秋学期に錬金術Ⅲを取るのを忘れるなよ」

許可も出たので、錬金術クラブに行く。カエサルが待っていた。

「よう、ペイシェンスよく来たな」

カエサルは本当にいつも錬金術クラブにいるようだ。

「カエサル部長は授業を受けなくて良いのですか？」

心配になるよ。必須のダンスも履修届を忘れていたしね。

「あっ、ペイシェンスにも言っておくが月曜と水曜の午前中はいないぞ。薬草学と薬学の単位が取れていないのだ」

うん？　カエサルは中等科二年生だよね。

「薬学Ⅱと薬草学Ⅱでは？」

ベンジャミンが嬉しそうに笑う。

「カエサル様も薬学と薬草学には苦労しているのさ」

フン、と横を向くカエサルは、意外と幼く見える。そっか一四歳か一五歳なんだもんね。でも、背がひょろりと高いからショタの守備範囲ではないんだよね。

「そんなことよりほら、明るさの調整ができる灯の魔法陣を描いたのだ。試してみよう！」

金曜の錬金術クラブで基礎とガラスのカバーは作っている。

「ツマミはこれで良いのでしょうか？」

「駄目なら、また考えて作れば良いのさ。早く魔法陣で上手く明るさの調整ができるか知りたいのだ」

わざわざ私を待っていてくれたんだね。では、組み立てるよ。

「基礎にこの魔法陣を置いて、ツマミをセットする。点くかどうかチェックしますね」

「点くのはわかっているが、灯りの調整ができるかが問題なのだ。ツマミを回してみろ」

ツマミをぐるっと回すと明るくなった。そして、これからが問題だ。

「少しずつツマミを戻すのだ」

少しツマミを逆に回したら、少し暗くなった。そして、もう少し回したら、もっと暗くなった。

「あっ、これなら眠るのに邪魔にならない明るさだわ」

フン！　と鼻を鳴らしたカエサルだが、凄く嬉しそうだ。そんな点は可愛いな。

私はガラスのドーム型のカバーを取りつける。

「完成だわ！　これでヘンリーも寝る時に怖くないでしょう。私が家にいる時は、お休みの挨拶をした後、少し経ってから蠟燭《ろうそく》を消しに行っていましたが、寮に入ったので心配していたのです」

カエサル部長とベンジャミンが変な顔をして私を見ている。

「それは子守の仕事ではないのか？」

ベンジャミンが不思議そうに質問する。お坊ちゃんだもんね。

「我家には子守はいませんわ。メイドと私で弟たちの面倒を見ていますの」

カエサル部長は、何か察したみたいだが、話題を変える。

「ペイシェンス、他に作りたい物はないのか？」

「作りたい物はいっぱいありますが、それを作るには魔法陣の知識がなさすぎます。秋学期には魔法陣Ⅲを取って勉強しなくてはいけませんわ」

この魔法灯もほぼカエサル部長のお陰で出来上がったのだ。

「そんなに作りたい物があるのか？　ペイシェンス、言ってみろよ」

カエサル部長が新曲を欲しがるアルバート部長に見えてしまう。

「そうだぞ！　もうペイシェンスは錬金術クラブのメンバーなのだ。新しい魔道具のアイデアがあったら、皆で作り出すのが錬金術クラブの真髄ではないか！」

わぁ、ベンジャミンの髪が逆立ってきている。獅子丸になりそう。

「私が欲しい物で良いのなら」

あれば便利だと思う物はいっぱいあるよ。

「それで良いさ！　さぁ、言うのだ！」

まるで恐喝だね。では、いっぱい言うよ。

「私は生活魔法が使えますけど、使えない人の方が多いのです。だから、洗濯機が欲しいです。それと掃除機もね。あっ、お菓子を作る時に、私がいれば卵や生クリームを泡立てるのは簡単ですが、泡立て器も欲しいです。髪の毛を乾かすドライヤーも必要だわ。そして、去年の青葉祭で見た扇風機、あれに冷たい風が出る機能も付いた冷風機が欲しいわ。あと……」

ベンジャミンに口を手で塞がれた。

「ちょっと待ってくれ！　そんなに一気に言われても、混乱するだけだ」

カエサル部長は「洗濯機とはなんだ？　掃除機って何をする物だ？　泡立て器？　ドライヤー？　冷たい風？」と混乱状態だったが、私に向かって一つずつ質問し始める。

「洗濯機は箱の中に水と洗剤を入れてかき混ぜて、汚れを落とす箱です。あっ、このかき回すのは扇風機の応用でできませんか？」

説明してもわかりにくそうなので、絵で描く。

「なるほど、これは扇風機の応用の魔法陣でできそうだ。だが、水を入れる魔法陣も必要だし、排水もいるな」

あっ、このままでは洗濯物はびしょびしょのままだ。ええっと、全自動洗濯機の前の二槽式洗濯機なら脱水もできるよね。

「これより良い洗濯機を思いつきましたわ。この洗濯機に脱水機能をつけるのです。洗濯槽と脱水槽に分けるのよ」

二人とも全く理解していない顔だ。そうか、洗濯なんてしたこともなければ、しているところを見たこともないのだ。

「洗濯は水と洗剤ですることぐらいは知っていますね？」

かろうじて知っているみたいだ。二人が頷く。

「それはとても重労働なのです。それに洗剤は高いので、二槽式だと節約できるのです」

あっ、全く意味が通じてない。それから私は、二槽式洗濯機の使い方を薬草学の時間まで説明した。

「なるほど、まずは汚れの少ない洗濯物を大きい方の洗濯槽で洗剤を入れて洗う。そして、それを脱水槽に入れて脱水する。その間に汚れの多い洗濯物を洗濯槽で洗う。そこで、それを取り出し、汚くなった洗濯水を排水する。そこに脱水槽から汚れの少なかった洗濯物を洗濯槽に入れ、水を流しながらすすぐ。それが終わったら、脱水槽から汚れの多い洗濯物を出して、洗濯槽ですすぐ」

一気に二度使いを説明したのは間違えたかな？

「汚れの少なかった洗濯物をすすいだ後に脱水槽に入れるのを忘れていますよ。それに汚れが多かった洗濯物もすすいだ後に脱水槽で脱水しなくてはいけません」

二人は溜息をついた。

「洗濯がこんなに大変だとは知らなかった」

「カエサル部長、これでお終いではありませんよ。干して乾かさないといけません。そして、アイロンもかけないとくちゃくちゃですわ。あっ、アイロンの魔道具も絶対に欲しいです！　今のは中に炭を入れるから重くて、手が疲れてしまうの」

ベンジャミンに呆れられる。

「ペイシェンスは本当に貴族の令嬢なのか？」

「まぁ、アイロンは王立学園の裁縫の時間でも使いますのよ。それに私は生活魔法が使えますから、洗濯などしたことはございませんわ。侍女のメアリーも許してくれないでしょうから」

カエサル部長は、からからと笑った。

「私たちにはペイシェンスが必要だったのだ。生活に必要な物を知らなすぎる」

ベンジャミンは髪の毛を掻きむしっている。獅子丸がこうして出来上がるんだね。

「二槽式洗濯機の使い方が未だ理解できない」

初めに二度使いを説明したのは失敗かも。

「二槽式洗濯機の洗剤と水を節約するやり方を考えて、複雑にしすぎましたわ。普通に使うなら、洗濯槽に水と洗剤と洗濯物を入れて回します。そして洗濯物を取り出して、脱水槽で脱水する間に洗濯槽の汚れた洗剤水を排水します。脱水し終わった洗濯物を洗濯槽に戻し、水を出しっぱなしですすぐ。すすぎ水が綺麗になったら、脱水槽に洗濯物を入れて脱水するだけです」

それでも複雑だとベンジャミンは眉を顰めるが、カエサル部長は完全に理解したようだ。

「ペイシェンス、洗濯機ができたら特許が取れるぞ。頑張ろう！」

「特許……でも、私には作れませんわ」

ガッカリだよ。アイデアはあっても、魔法陣を作る能力がないんだもん。

「何を言っている。特許にはアイデアが重要なのだ。これから皆で洗濯機を作るぞ！」

気合の入ったカエサル部長とベンジャミンだけど無情にも『カラ〜ン、カラ〜ン』と三時間目の終わりの鐘が鳴る。

「薬草学Ⅱの授業ですわ。温室まで行かなくては」

私が椅子から立とうとすると、カエサル部長が「他の掃除機や泡立て器やアイロンやドライヤーや冷風機はどうするのだ」と引き止める。

「カエサル部長、私の欲しい物はもっともっとあります。だから、時間をかけて作りましょう」

カエサル部長が啞然としているうちに、私は温室へと急ぐ。私よりかなり後から錬金術クラブを出たはずのベンジャミンにすぐに追いつかれてしまった。

「ペイシェンス、魔法使いコースに変更しないか？」なんて勧誘してこないでよ。もう！

薬草学Ⅱは薬草学と同じ温室だ。マキアス先生が空き時間のないのを見越して、このコマで薬草学Ⅱを受ける許可をくれたのだ。

「ペイシェンス、お前の畝の下級薬草はもう採っても良いよ。それで種は欲しいかい？種が欲しいなら、端の二株は残しておくんだよ。要らないなら全部引っこ抜きな」

下級薬草は春になったら冒険者が森で採ってくるので値段は安くなるとワイヤットは言っていたが、今はまだ冬だし、温室で栽培したい。

「種は欲しいです」

二株残して、あとの下級薬草を抜いていく。

「うん、よく育っている。この下級薬草は買い取るよ」

あっ、こんな所で内職できたよ。

「ほら、ぼんやりしないで畝に肥料を鋤き込むんだよ」

温室の外には肥料の入った箱がある。うん、臭いよ。私はそれをバケツにシャベルで入れて、自分の畝の所に運んだ。

「マキアス先生、このくらいの量で良いのでしょうか?」

チロリと見て頷くので、これで良いのだろう。この臭い肥料をシャベルで鋤き込むのは重労働だ。少なくともペイシェンスにはね。

「ペイシェンス、手伝おうか?」

ブライスが親切に申し出てくれたけど、必要ないよ。

「ブライス様、ありがとうございます。でも大丈夫です」

私は自分の畝に肥料が満遍なく鋤き込まれるイメージをしながら「肥料よ、私の畝に鋤き込まれろ」と少し恥ずかしいけど口に出して生活魔法をかけた。みるみるうちに肥料は畝に鋤き込まれた。周りの学生も呆気に取られている。

「お前さんは本当に魔法使いコースを選択するべきだよ。生活魔法だから攻撃魔法が使えないなんてないさ、多分ね」

マキアス先生から魔法使いコースを勧められたけど、攻撃魔法を使いたいとは思えないんだよね。うん、私の生活魔法は少し変だから、薪を割るのとかできそうなんだ。でも、それを人に向けるのはＮＧだよ。

「ほら、上級薬草の種だよ。これは下級薬草みたいに簡単にはいかないよ。まずは種を水に浸けるんだ。それも浄水じゃなきゃ駄目だよ。そうさ、やる水も浄水でなきゃ駄目さ」

上級薬草は栽培が難しそうだ。温室の外にある棚からビーカーを取り、水で洗う。そして水を入れて浄化してから種を浸ける。

「マキアス先生、どれくらい浸けたら良いのでしょう？」

マキアス先生は「ケケケ」と笑う。本当に魔女のお婆さんぽさ全開だ。

「それはお前さんの努力次第だよ。種に十分な魔力が籠もったら植えても大丈夫さ」

この先生は意地悪するのが楽しいのかな？

「マキアス先生、種に十分な魔力が籠もったのかは、どうやって判断するのですか？」

この黒い三角形の種に何か変化があるのだろうか？　プクッと膨らむとか？

「種に魔力が入らなくなったら良いのさ。そんなこともわからないのかい。だから、他の学生の畝に水なんかやる甘ちゃんなんだよ。もうするんじゃないよ」

あっ、私がベンジャミンたちの畝に水をやったのがバレている。まさか千里眼なの？

「私は毎朝、温室の見回りをしているんだ。お前さんしか来ていないのに、他の畝の土も黒々としていたから、すぐにわかったよ。ほら、さっさと種に魔力を注ぐんだよ。ちんたらしていたら夏になってしまうよ。夏場は教室で座学だからね」

あっ、夏に温室は暑すぎよね。なんて呑気に考えていた。

「ほら、皆よく聞きな。下級薬草が枯れてもやり直しはできるよ。大勢の学生を落とすとマーベリックの爺様《じいさま》がうるさいからね。だが、五月までがタイムリミットだよ。そこからは座学だからね。それまでに育てられなかった学生は不合格だ。薬草学を取るのを諦めるか、秋学期に再挑戦するかは自分で決めな」

あっ、カエサルが薬草学の単位が取れない理由がわかった。錬金術に夢中になって水やりを忘れるからだ。

気を取り直して、ビーカーの中の黒い三角の種に魔力を注ぐ。まるで前世の朝顔の種みたいだよ。

黒い三角の種に魔力が行き渡り、ほんの少しふっくらとなるイメージを浮かべた。小学生の頃、朝顔の栽培をしたからね。一晩、水に浸けた種は少しふっくらしていたんだよ。

「種に十分な魔力が籠もれ！」

今回もちゃんと詠唱したよ。

種が私のイメージした通りに、少しふっくらとした。これで十分なのかな？　そこらへんの判断ができないから、先生に質問したのにさぁ。あれで他の学生は理解できるのかな？　魔法使いコースを取っているぐらいだから、理解できるのかもね。

「それで十分だよ。お前さん、前とは違って詠唱が長くなっているね。前はもっと短かったと思うが、何故だい？」

意外とよく見ているな。感心するよ。

「父から魔法が暴走しないように、成長期はなるべく無詠唱はやめなさいと言われたのです」

マキアス先生は真剣な顔だ。

「何をやらかしたんだい？」と聞く。

「温室がもっと広ければ良いなと願ったのですが、魔法はかけなかったのに、何故か広くなってしまったのです」

深刻な魔法の暴走ではないとわかって、マキアス先生は笑う。

「お前さんは一一歳か。そうだね、成長期が終わるまでは魔力もまだまだ増えるだろう。それが終わるまでは父上の忠告に従うんだね。だが、もう少し格好の良い詠唱と魔法の名前を覚えな」

あの詠唱は私的には格好悪いんだよ。見解の相違だね。でも、そんなことは言わずに黙って種を植えたよ。

「植えたなら、水をやるんだ。浄化するのを忘れるんじゃないよ」

ジョウロも一応洗ってから水を入れて「綺麗になれ！」と浄化して、畝に水をやる。

やれやれ、これから毎日水やりだ。ついでに自分にも「綺麗になれ！」とかけておく。肥料臭かったら嫌だからね。

寮の食堂は大騒ぎだった。寮には上級貴族は基本的には入っていない。マーガレット王女とキース王子とラルフとヒューゴが例外なのだ。Cクラスで入学した学生と下級貴族でロマノに屋敷を持っていない学生が寮に入っているのだけど、騎士階級の学生も多かったんだ。

ああ、キース王子を中心にして何人もの学生が意気込んでいる。私はサッと女子寮の階段を上った。自分の部屋に入るとホッと息をつく。マーガレット王女の部屋に行かなくてはいけない。

「ペイシェンス、大変な事になったわ。キースときたら頭に血が上っているの」

それは食堂でも感じた。

「ええ、キース王子の周りに騎士クラブのメンバーが集まっていましたね」

馬鹿なことをしなければ良いのだけど、なんだかあの熱気は危うい気がする。

「学生会に殴り込むなんて声も聞こえたけど……まさか、実行はしないでしょうね」

マーガレット王女も心配そうだ。本当にリチャード王子が卒業されたのが痛い。リチャード王子なら一喝されてお終いだ。それにこんなに問題が大きくなる前に騎士クラブのハモンド部長を呼び出して厳重に注意しただろう。

「ルーファス学生会長にも問題はありますが、でも殴り込みなんかしたら、騒動は大きくなるばかりです」

マーガレット王女が微笑む。嫌な予感しかしない。

「ねぇ、ペイシェンス。リチャードお兄様の考えでは、騎士クラブの存続を願う嘆願書を集めるのよね。それとハモンド部長の辞任とで、騎士クラブの問題を収めるおつもりだったのよ」

そう聞いているけど、うまく計画通りには進んでない。パーシバルは何をしているのかな？　キース王子を諌めてほしい。

「そうね、パーシバルの考えている以上に騎士クラブのメンバーは怒りに燃えているのだわ。きっと嘆願書なんて言い出せない雰囲気なのよ。これはキースから言い出させた方が良いわ」

マーガレット王女、その笑顔が怖いです。良い案ですが、誰が猫の首に鈴を付けるんですか？　姉君なのだから、マーガレット王女にお願いしたいです。

「キースはきっとお昼抜きね。お腹が空いているはずよ。さぁ、鐘が鳴ったら食堂へ行きましょう」

それは、一緒に夕食を取るってことですか？　気の立っているキース王子と同席なんて遠慮したいですが、駄目なんですね。

私がどうやら猫《キース》の首に鈴を付けなくてはいけないようだ。夕食の鐘が鳴るまでに学生会の規則を読む。

「そんなの今更読んでも遅いのでは？」

マーガレット王女に校則の冊子を借りて、お終い辺りに載っている学生会規則を読む。

私は校則と寮則はささっと読んだけど、学生会規則は全く読んでいなかった。時間がないから、クラブについての規則だけを読む。

なるほど、カエサルが勧誘に必死だったのはクラブメンバーが五人以上でないと廃部という規則があるからだ。

そう、時間がないから廃部の所を重点的に読んでいるんだ。

今回の騎士クラブは他のクラブの活動に干渉し、不利益をもたらした場合は廃部にする。この規則だね。

その下の規則はマズイ！　私はマーガレット王女にその規則を見せる。

「まぁ、これは本当に大変だわ。騎士クラブを永久に潰してしまいかねないわ」

　徒党を組んで他の学生に迷惑をかけたクラブは永久に廃部とする。ああ、このままだとキース王子を旗頭にして徒党を組み、学生会に殴り込みに行きそうだ。今のうちに冷静になってもらわないとまずい。

「ええ、騎士クラブは伝統あるクラブですし、それが永久廃部になったら騎士団の先輩たちも黙っていないでしょう。従兄弟のサリエス卿もハモンド部長をブン殴ると言っていましたし、血の気の多い方が多そうですから」

　マーガレット王女とどうするか相談する。

「まずはキースと学友たちと夕食を取るわ。そうすれば頭に血の上った騎士クラブのメンバーも夕食を取る為に他のテーブルに座るわね。これで少なくとも全員が何か口にするでしょう。お腹が空いていては気が立つばかりですからね」

　キース王子をマーガレット王女が夕食に誘ってくれるようだ。それはホッとする。でも、そこからが問題だ。

「で、騎士クラブの存続の嘆願書署名もマーガレット様が言って下さるのでしょうね」

　マーガレット王女が微笑む。マジ？　私？

「少し待って下さい。学生会規則を読みます」

　嘆願書の規則なんてあったかな？　パラパラと学生会規則を捲る。

「嘆願書……学生会の決定に不満がある学生は全学生の過半数の署名を集めて嘆願書を提出できる。その後、学生会で嘆願書の内容を審査し、決定を変更するか決める」

ううん、過半数の署名を集めるのか、大変そうだ。

「過半数は難しいわね。まず、魔法使いコースの学生は署名しないわ。それに乗馬クラブの学生もね。パーシバルあたりが直接に頼めば家政コースは署名しそうだわ。初等科はキースが頼めば署名を集められるかも。でも、文官コースの学生は元々騎士クラブが嫌いな学生も多いのよ。微妙な数になりそうね」

音楽クラブでも、女子学生はパーシバルが頼めば署名しそうだが、男子学生はしそうにない。

そんなことを話しているうちに『カラ～ン、カラ～ン』と夕食の鐘が鳴る。

マーガレット王女と共に食堂へ下りる。まだ騒ぎは収まっていない。食事を取ろうと下りてきた寮生も戸惑っている。

「さぁ、騒ぎを静めましょう」

マーガレット王女は背筋をピンと伸ばして、騒ぎの中心にいるキース王子に近づく。興奮している騎士クラブのメンバーも、マーガレット王女の圧に気づいて道を譲る。『おお、モーゼの十戒みたいだ』なんて変なことを考えながらマーガレット王女の後ろについていいく。肉壁に囲まれている。怖いよ！

「キース、一緒に夕食を取りましょう。ラルフもヒューゴもね」

キース王子は『それどころではない』という顔を一瞬したが、マーガレット王女の視線の強さに負けた。

「はい、姉上」

ぞろぞろとお盆を持って列に並び、テーブルに着く。

「キース、まずは食べなさい」

キース王子はマーガレット王女に負けて不満そうな顔をしていたが、一口食べると一気に食べた。ラルフとヒューゴも昼抜きだったみたいだ。成長期の男子って凄い食欲だね。

私は食べる気にならないよ。

「これもいかがですか？」

手をつけてないので差し出す。

「いや、もう食べたから」とキース王子は拒否するが目が皿から離れない。

「キース、私のも食べなさい。お昼を抜くなんて駄目ですよ。食べないならお母様に言いつけますわ」

マーガレット王女も皿をキース王子に差し出す。

「母上には内緒にして下さい」とキース王子はマーガレット王女の皿の分に手を出した。

「ラルフ様とヒューゴ様もお腹が空いておられるでしょう。半分ずつ食べて下さい」

ラルフもヒューゴも上級貴族としてマナーを厳しく叩き込まれて育っている。令嬢から食事を取り上げる真似はできないと拒否したいが、隣でキース王子はマーガレット王女の夕食を食べている。私は二人の皿に私の皿から夕食を分ける。うん、弟たちにハムを分けていたから慣れているよ。

マーガレット王女が視線で『嘆願書について話せ！』と命じる。やはり私から言い出すのですか？　マーガレット王女の方が適任では？　視線で許しを乞うが、マーガレット王女はちょこんと私の靴に自分の靴を当てて、話すように促す。どうやら許してもらえないようだ。

私は上着の内ポケットから校則の冊子を取り出す。これはマーガレット王女の冊子だけど折り曲げて良いと許可してもらった。

「キース王子、この学生会規則を読んで下さい」

私は小心者だから、学生会規則を読んで自分で首に鈴を付けてもらうことにしたのだ。アンダーラインも引いているよ。結果オーライなら良いよね。

「ラルフ、ヒューゴ！　嘆願書署名を過半数集めれば、学生会の決定が覆されるのだ！」

やっとここにたどり着いた。ラルフもヒューゴも何をしていたのだろう。パーシバルもね！

「キース王子、署名を集めましょう！」

ここまでお膳立てしたら、あとは任せるよ。それにしてもお腹が空いたな。お昼は食べる気にならず、半分しか食べてないんだ。

「マーガレット様、食堂に残りがあるか、聞いてみましょう」

食べ終わった騎士クラブのメンバーはキース王子の特別室へ集まって嘆願書や署名の紙などを用意しているみたいだ。閑散とした食堂では騒ぎを恐れて下りてきていなかった寮生がやっと夕食を取っている。

「残りなんてあるのかしら？」と言いつつもマーガレット王女も空腹に負けてお盆を待つ。

「すみません、夕食の残りはありますか？」

食堂のおばさんたちは、先ほどの騒ぎも見ていたようだ。

「ああ、おかわりがなかったから、残っているよ」

食堂はおかわり自由だったようだ。知らなかった。そうだよね。チビのペイシェンスがお腹いっぱいになる量では、一五歳ぐらいの騎士コースの学生には足りないんだね。

マーガレット王女と私は、やれやれと任務完了した気分で夕食を十分に取った。

「それにしても騎士クラブの誰も学生会規則を読まなかったのかしら？」

その通りだけど、今更だよね。

「過半数の署名を集められるでしょうか？」

多分、大丈夫だと思うけど、今回の騒動で騎士クラブはかなり反感を買ったからね。

「パーシバルは何をしているのかしら？」

彼は寮生ではないから、自宅生のメンバーを説得して回っているのかな？

「キース王子が署名活動を始めた方が良いと判断したのかもしれません。陰から他のクラブメンバーを説得するのでしょう」

私は学生会規則を読んでいて、ふと不安になった。

「あのう、グリークラブの青葉祭の発表に音楽クラブが口を出すのは大丈夫なのでしょうか？」

マーガレット王女は優雅に微笑む。

「口なんか出していませんわ。素晴らしい曲を提供しているだけですもの。ほら、不利益をもたらしたクラブと書いてあるでしょ」

そうなのかな？　コーラスクラブから独立したグリークラブにアルバート部長はかなり援助している。あのアルバート部長が好意だけでしているとは考えられないのだけど？　不安だなぁ。

「あのう、コーラスクラブから苦情が来るとかはないのでしょうか？　音楽クラブがグリークラブに曲を提供するのは不公平だとかなんとか」

マーガレット王女も首を捻る。

「そういえば、アルバートにしてはグリークラブに親切すぎるわね。音楽クラブの新曲発表の機会を増やすにしても、変だわ」

アルバートが他人に親切にするのは変だとマーガレット王女も気づいた。これまで新曲が多く聴けることばかりに気を取られていたのだ。

「兎に角、不利益でなければ良いのよ。他にもクラブ同士で共同活動をしているのもあるはずよ」

そうなのかな？　クラブ活動にさほど興味がなかったので知らないよ。

騎士クラブは署名活動を始めたようだ。マーガレット王女も私もキース王子の求めに応えて署名したよ。あとは頑張ってと応援しておく。

火曜は、地理、外国語、裁縫、織物と魔法使いコースとは無縁だ。それに放課後は音楽クラブ。外国語と裁縫はマーガレット王女と一緒だよ。

昼食は私とマーガレット王女は裁縫のドレス作りについて話し、横では署名活動についてキース王子たちが熱心に話していた。うん、二席の緩衝地帯がありがたいよ。それに私たちは署名済みだから、攻略対象じゃないからね。スルーされている。

裁縫の授業は、私は生活魔法を使わないように意識するのが難しかった。まずは裁断した布を仮縫する。そして着てみて、サイズチェックするのだ。うん、大きいな。ペイシェンスは年齢も下だし、同じ学年としてもチビなんだよ。栄養不良なのか？　遺伝なのかな？　父親は痩せているけど背は高い。母親の面影を思い浮かべる。ペイシェンスは幼かったから背が高く感じていたけど、父親と二人揃った姿を思い出すと、そう高くなさそうに感じるね。

背が低いので、あまりスカートを広げると幼く見える。下に着るパニエは分量に気をつけよう。小公女スタイルは避けたい。

待ち針で大きすぎる所を摘む。キャメロン先生も手伝ってくれた。これは一人では無理だから。

「ペイシェンス、少し多めに縫い代を取っておいた方が良いかも知れませんね。成長期だから大きくなるかも。あら、でも柄が合わなくなりますわ」

その時は生活魔法で合わせよう。うん、使う時と使わない時のメリハリを付けなきゃいけないね。なんて呑気なことを言っている場合じゃない。

「マーガレット様、そこを切ってはいけませんわ」

マーガレット王女は目を離すと、とんでもないことをする。そこの線は仕上がった裾の線。それから縫い代を取った線で切らないと、スカートが短くなっちゃうよ。うん？　これでは短くない？

「切る前に型紙を身体に当ててみましたか？」

あっ、してないんだ。そもそも型紙のサイズ合っているの？

「ぎりぎり間に合いましたわ。前のままでは膝丈ですもの」

マーガレット王女は私よりかなり背が高い。それに私より年上なのでスカート丈も長くないと変な感じになる。

「まぁ、良かったわ。せめてふくらはぎは隠したいもの」

裁縫の授業は疲れるよ。なんとかマーガレット王女も裁断を済ませた。私がいない授業の間にするべきことを教える。

「このしつけ糸でざっと縫うのです。あっ、まずはダーツ、そしてスカートをはぎ合わせて、前身頃と後身頃を縫い、スカートを縫いつける」

あっ、言っても無駄だ。わかってない。

先生もあまりに酷い学生が多いからマーガレット王女だけに構っていられないようだ。

あちらこちらで間違って切った学生を叱って、継ぎ足すやり方を教えている。

「マーガレット様、この①②のダーツをしつけ糸で縫います。そしてスカートの③④を縫います。そして同じようにスカートの⑤⑥を縫うまでして下さい」

裏にチャコで数字を書いておく。

「数字通りに縫えば良いのね！」

やっとわかってもらえた。これで酷い失敗はないだろう。

「ここまで縫えたら、あとはまた説明します」

なんだか裁縫の合格は取らない方が良さそうだけど、水玉のワンピースが出来上がったら修了証書出そうなんだよね。困ったなぁ。


織物も生活魔法を使わないように気をつけたよ。仲良く初心者四人でカチャンカチャン織る。やはり手仕事は楽しい！　今は縦糸も色を変えてチェック柄を織っている。かなり目が揃うようになった。

「じゃあ、ペイシェンス、またね！」

「リリー、ソフィア、ハンナ、じゃあね！」

気楽な挨拶をして別れる。良いよね。私は、前世は庶民だったから、やはりこちらの方が気楽だよ。「ご機嫌よう」なんかより「じゃあね！」だよ。


音楽クラブは「ご機嫌よう」の世界だ。今日はサミュエルたちとグリークラブに提供する曲を仕上げる。といっても私は、リュートはまだ下手だから、サミュエルたちにお任せだね。

マーガレット王女と音楽クラブに来たけど、あれ？　なんだか雰囲気が悪いよ。

「だから私はそんな署名はしない。さぁ、出ていってくれ！」

アルバート部長が騎士クラブメンバーを追い出している。ああ、署名活動だね。

「でも、伝統ある騎士クラブが廃部だなんて……」

粘ってもアルバート部長や他の男子も署名はしそうにない。それに言っては悪いが男臭いメンバーは女学生にも低評価だよ。もっとハンサムなパーシバルとか可愛いキース王子に回らせるべきだよ。

アルバート部長に騎士クラブのメンバーは追い出されたけど、他のクラブにも押しかけているのだろうか？　もっと人選に気を使わなきゃ、却《かえ》って反感を買うだけだ。

「さぁ、サミュエルとダニエルとバルディシュとクラウスは編曲に取りかかってくれ。ペイシェンスは曲の持つイメージの説明をしてくれ。曲のイメージで作詞したいからな」

ハノンだけでなく、リュートやフルーや打楽器などの伴奏も付けるようだ。かなり大掛かりだよね。

「アルバート部長、曲のイメージなどは聞いていただければわかると思いますわ。それより大体の筋書きは決まっているのですか？」

アルバート部長はペラッと数枚の紙を出した。

「ほら、この『アウレリウスとカシエンヌ』が良いと思うのだ。名前は長いからもっと耳触りの良い名前に変えるけどな」

古典でも有名な悲恋だ。そう『ロミオとジュリエット』みたいな敵対する家の男女の恋物語をアルバート部長は、少しアレンジして簡単にしていた。

「アレクとエリザ？　凄く短い名前ですね。えっ、ハッピーエンドなのですか？」

悲恋のはずがハッピーエンド。これで良いのか？

「歌って踊るなら、ハッピーエンドの方がわかりやすくて良いのさ。盛り上がって終わるから拍手も多い。どうせ演劇部は暗い悲劇を演目に選ぶだろうし」

マーガレット王女も粗筋を読んで、眉を顰めている。

「有名な悲恋が陳腐な恋物語になっているわ。これで本当に良いの？」

だが、アルバート部長は大丈夫だと言い切る。

「それよりマーガレット様はダンスクラブに知り合いがいると言っておられたね。振り付けに協力してくれるだろうか？　何人かは後ろで踊ってくれたら良いのだが」

なんだかアルバート部長はグリークラブに熱心すぎる。変だ！

「話すぐらいは良いけど、アルバート、何を考えているの？　貴方が親切にするなんて変だわ」

うん、そう思うよ。

「いや、グリークラブのマークスとは友だちだから……」

ルパートが「アルバート部長、何を考えているのか、吐け！」と詰め寄る。

「ルパート、失礼だな。だからマークスがグリークラブの部長だから新曲を提供しようとしていただけだ」

普通の学生ならあり得るよ。でも、音楽しか愛していないアルバート部長が友達の為になんて胡散臭《うさんくさ》すぎて信じられない。

「いつからマークスと友だちになったのかな？　クラスメイトではあるが、コーラスクラブになぞ入っていると馬鹿にして笑っていたではないか……まさか、マークスを唆してグリークラブを作らせたのか？」

あっ、やりそうな話だ。青葉祭でコーラスクラブと揉めた時、アルバートは凄く怒っていた。

「あんな古い曲ばかり歌っているコーラスクラブにマークスは不満を持っていたのだ。だが、コーラスクラブでは男子は少数派で発言権はないと愚痴るから、新しいクラブを作ったら良いとアドバイスしただけだ」

全員が頭を抱え込んだ。

「アルバート、それをコーラスクラブが知ったら、騎士クラブと同じ目になるわよ」

それなのにアルバート部長はしゃあしゃあと言い切る。

「私は別に何もしていない。マークスがグリークラブを作っただけさ。それに悪いことではないだろ？」

マークスがアルバートに唆されてグリークラブを作ったのか、前から不満に思っていて背中を押されただけかはわからない。でも、コーラスクラブに恨まれることは確かだ。

「今回の騎士クラブの件で、学生会規則に皆が注目しているわ。決してこのことは外で話しては駄目よ」

マーガレット王女に言われて全員が頷く。

「アルバート、二度と余計なことはしないでね」

マーガレット王女にキツく言われたけど、アルバートがちゃんとわかったかは不明だ。とんだ嵐の余波だよ。


騎士クラブの署名活動はマーガレット王女と私が考えていたよりも難航していた。騎士コースに属していない男子学生の多くが署名拒否したのだ。

「騎士コースのほとんどが騎士クラブに入っているけど、過半数には足りないわよね」

中等科一年Aクラスの騎士コースの学生は五人だが、BクラスやCクラスにはもっと多いと思っていた。

「騎士爵の息子だからといって、全員が騎士コースを取るわけじゃないのですね。文官コースを取る学生の方が多いとは知りませんでしたわ」

キース王子がいた初等科一年Aクラスが異常だったのだ。他の学年は、文官コースが一番人気だ。女子はほとんど家政コースなので二番目。そして、三番目を魔法使いコースと騎士コースが競っている感じなのだ。驚いた。魔法使いコースって意外と人気あるんだね。Aクラスの人数が少ないから、一番人気がないと思っていたのだ。

「そうか、下級薬師とか下級錬金術師とか下級王宮魔術師とか資格取れるのが多いからだわ」

平民のCクラスで入学した学生の多くは、官僚になる文官コースか、資格が取れる魔法使いコースを取るのだ。そうか、騎士って貴族がなるもんね。平民で騎士を目指すのは稀《まれ》なんだろう。よほど腕に自信あるとかね。

「女学生は属しているクラブによるわね。乗馬クラブや魔法クラブは絶対にしないし、演劇クラブやコーラスクラブ、それに意外と運動部に属している女学生も厳しい目を向けているわ。騎士クラブだけ優遇されているのに不満があったみたい」

リチャード王子、ちょっと甘く考えていたみたいですよ。このままでは騎士クラブの復活は難しそうだ。

なんて心配していたが、騎士クラブも考えた。パーシバルとか顔の綺麗どころを集めて、家政コースの署名を集めまくったんだ。キース王子も初等科の署名をいっぱい集めたみたい。

勿論、拒否する学生もいたけど、どちらでも良い学生は署名して、過半数に届いたようだ。うん、キース王子が機嫌良さそうに昼食で話していたから知っているよ。良かった!

学生会で検討して、ハモンド部長、そしてカスバート顧問の辞任で、騎士クラブは復活した。やれやれ！

で、新部長はラズモンド・サセックスだってさ。私の知らない人だ。なんとなくパーシバルがなるのかなって思っていたけど、違ったね。

ラズモンド部長はハモンド部長と違って、初等科の学生には厳しいとキース王子は愚痴っているよ。少し気の毒だけど、変におべんちゃらを言う部長よりマシだよ。王子を利用しようとしないのは合格だね！

「何故、パーシバルが部長にならなかったのかしら？」

マーガレット王女も不思議に思ったみたい。

「中等科二年生だからでは？　それか騎士クラブでは能力主義で強い者順とか？」

この件、裏で動いたのはパーシバルだ。でも、表では最後の女学生の署名集めにしか出ていないんだよね。なんだかパーシバルって不思議だ。なんて考えていたら、土曜にやってきた。サリエス卿と一緒にね。

弟たちに剣術指南してくれた後でお茶に誘う。今回は卵サンドと苺サンドだよ。金曜に王宮へ今回の件で呼び出されて、生クリームももらったからね。

「ペイシェンス、ありがとう」

サリエス卿にお礼を言われたけど、私はうろうろしていただけだよ。まぁ、かなり迷惑だったけどね。

「ペイシェンス様のお陰でなんとか騎士クラブも存続できました。それにラズモンド部長なら任せておいても大丈夫です」

あれっ？　パーシバルの口調は辞めるって感じだけど？

「やはり文官コースに移るのか？　まぁ、モラン伯爵家の嫡男だから仕方ないな」

えっ、そうなの？　それなのにあんなに真剣に動き回っていたの？

「騎士コースは春学期で単位を全て取れるでしょうから、秋学期から文官コースです。ペイシェンス様の後輩になりますね」

爽やかに笑うパーシバルだけど、意味がわからないよ。

「でも、パーシバル様はあれほど騎士クラブのことを真剣に考えていらしたのに」

パーシバルはキッパリと答えた。

「私は騎士クラブは辞めませんよ。ただ、文官コースの人間が部長に選ばれることはないだけです。それに騎士団にも入りません。ロマノ大学に進み外交官を目指します」

「モラン伯爵は外務大臣だからな。お前なら良い騎士になれたのに残念だ」

華やかな外交官になりそうだね。なんて考えていたら、パーシバルに勧誘された。

「ペイシェンス様は文官コースですよね。外交官はいかがですか？　外国には興味はありませんか？」

えっ、外交官？　前世でも憧れの職だったんだよ。でも、難しそうで諦めたんだよね。外国には行ってみたいんだよ！

「おいおい、従姉妹を誘惑するなよ。外交官なんて難しそうじゃないか。ペイシェンスは良い嫁さんになれるよ。この卵サンドイッチも苺サンドイッチも美味《うま》いし、前のケーキも凄く美味しかった」

サリエス卿の褒め言葉、ありがたいけど、持参金がないんだよ。貧乏な子爵令嬢でも嫁のもらい手はあるかもしれないけど、こちらも選びたいからね。

パーシバルは自分は部長になれないけど、尊敬できない部長の下は嫌だったんだ。うん、プライド高そうだもんね。リチャード王子の下ならバリバリ働けそうで良かったよ。

なんとか騎士クラブの嵐は収まったので、私はこれから錬金術クラブでお金儲けをしたいな。特許とか取れるかどうかはわからないけど、貧乏なグレンジャー家にはお金が必要だからね。お姉ちゃん、弟《エンジェル》たちの為に頑張るよ！

異世界に来たけど、生活魔法しか使えません③／完

特別書き下ろし　学友は辛いよ……ラルフ視点

私はラルフ・マッケンジー。侯爵家の次男だ。侯爵家に生まれたとはいえ、次男だから、領地は相続できない。

だから、幼い頃から自分でできることはやる！　と決めて勉強や剣術の練習に励んでいた。

侯爵家を継ぐ兄上も、かなり父上からプレッシャーを受けているようなので、次男の方が気楽なのかもしれない。

「お前は、第二王子のキース様と同じ学年になる。だから、学友に選ばれるように、頑張って勉強するのだぞ！」

八歳になった頃から、特にキース王子の学友に選ばれるようにと父上から激励された。

つまり、家庭教師や剣術指南が厳しくなったのだ。

そのお陰か、ヒューゴと共に学友に選ばれた。

王立学園に入学する前、突然、キース王子が寮に入られることになった。私は、これまでの王族同様、王宮から隣の王立学園に通われるものとばかり考えていたので驚いた。

「私も、キース様と一緒に寮に入ります！」

ヒューゴと共にすぐに申し出たのは正解だったようだ。

「二人ともありがとう！　父上が何故そんなことを決められたのかわからないが、従うしかないのだ」

私達、貴族も家長の父親に逆らえないが、キース王子の場合は国王陛下だからな。言われたら、それは命令と同様なのだ。


あと一年で卒業されるリチャード王子も寮に入られると聞いて、私とヒューゴは首を傾げた。

「兄上はともかく、マーガレット姉上まで寮に入らなくてはいけないのは可哀想だ。それに……姉上の学友達は寮に入らないそうだ！」

ふうん、マーガレット王女の学友は、貴族至上主義者たちの令嬢が選ばれている。

何故、あのような学友を選ばれたのかと、父上が不満そうな顔をされたので覚えている。

私とヒューゴは、他の貴族からキース王子の学友として相応しくないと思われないようにしないといけないと決意した。

王立学園に入学して、キース王子と共に寮で暮らす日々は、思ったよりも開放感があった。

ただ、父上からも釘を刺されていたが、キース王子の苦手な古典や歴史などで、あまり良い点数を取らないように気をつけるのが少し憂鬱だ。

それ以外は、キース王子は素直で、悪い人柄ではないから、学友として側にいるのは楽だ。

ただ、キース王子は何故かマーガレット王女の側仕えに選ばれたペイシェンス・グレンジャーにライバル心を持たれているようで、そこだけが注意しないといけない。

同じクラスのルイーズに初めは興味を持たれていたようだが、彼女はなしだ。

私もヒューゴも見た目の美しさ、賢さ、そして光の魔法に恵まれている条件の良さに、もしかしたらキース王子の妃候補かと思っていたが、彼女は駄目だとすぐに気づいた。

キース王子が恋心を持たれるのでは？　と心配したが、王子もすぐに彼女が意地悪な視線を下級貴族に向けているのに気づかれた。

「ルイーズは、姉上の学友と同類だな！」

私とヒューゴは、ホッとした。リチャード王子の妃ほどでなくても、第二王子の妃はローレンス王国にとって重要な存在になる。

意地悪な貴族至上主義の妃など御免だからだ。

初等科二年になり、キース王子が気に掛けられているのは、ペイシェンス・グレンジャーだ。

去年の夏休みには、王族が寛ぐ夏の離宮に招待され、キース王子とも仲良く過ごしたみたいだな。

子爵家の令嬢が第二王子の妃になるのは、荷が重そうだが、父上が養女にしても良いと漏らされた。

つまり、マーガレット王女の側仕えとして、ビクトリア王妃様が選んだ優秀な令嬢だと皆が認知しているということだ。

ああ、あの馬鹿な三人の学友以外はな！

だが、あの馬鹿な三人は学友を外された。ペイシェンスを馬鹿にしすぎたのだ。マーガレット王女は、三人よりペイシェンスを選んだ。当たり前だ！

この件で、私とヒューゴは、王族に見放されるのが、とても簡単なのだと冷や汗をかいた。

ペイシェンスは、賢い。そして、それを見せつけるように学年を飛び級して、中等科になった。

「古典と歴史がなければ、私だって！　中等科になれば、青葉祭の騎士クラブの試合に出れたのに！」

これはまずい！　去年も騎士クラブの試合に出たいと文句を言っておられたが、学生会長のリチャード王子にビシッと怒られた。それにエリック部長は、厳しかったからな。

だが、今年の騎士クラブのハモンド部長は、キース王子におもねっている。

馬の世話は、初等科のメンバーがするのが決まりなのに、馬術クラブに押し付けたり、どうも雲行きが怪しい。

パーシバル先輩に相談するべきなのだろうか？　でも、あの方は騎士コースから文官コースに転科するのではないかと父上から聞いている。

外務大臣の息子だから、騎士にはなれないそうだ。

そんな最中、騎士クラブが乗馬クラブや魔法クラブに掃除や練習参加を強制していると学生会が判断して、廃部命令が出た。

私とヒューゴも驚いたが、キース王子は怒れる騎士クラブメンバーの中心となってしまった。

嵐を鎮めてくれたのは、ペイシェンスだ。署名を集めて、騎士クラブの廃部を撤回させたら良いと提案してくれたのだ。

どうやら、ハモンド部長がキース王子を甘やかしているのが気に入らないリチャード王子が陰から知恵をつけたみたいだが、お陰で騎士クラブもまともになったし、私も勉強で忖度しなくて良くなった。

なのに、何故か胃が痛む。キース王子とペイシェンスが一緒にいると、針の上に座っている感じがするのだ。

ヒューゴと騎士クラブの廃部を撤回する案を教えてくれた件は、ペイシェンスに感謝しているが、錬金術クラブ関連でキース王子の恋心を逆撫でにしないでほしいと二人で愚痴る日々である。

異世界に来たけど、生活魔法しか使えません ③

発行日　2024年1月25日 初版発行

著者　梨香　イラスト HIROKAZU

発行人　保坂嘉弘
発行所　株式会社マッグガーデン
〒102-8019 東京都千代田区五番町6-2
ホーマットホライゾンビル5F
編集 TEL：03-3515-3872　FAX：03-3262-5557
営業 TEL：03-3515-3871　FAX：03-3262-3436
印刷所　株式会社広済堂ネクスト
担当編集　丹羽凪（シュガーフォックス）
装　幀　Pic/kel（鈴木佳成）

ISBN978-4-8000-1410-8 C0093　Printed in Japan

著者へのファンレター・感想等は〒102-8019（株）マッグガーデン気付
「梨香先生」係、「HIROKAZU先生」係までお送りください。
本作品はフィクションです。実在の人物・団体・事件等には一切関係ありません。